李肇星新诗集

李肇星／著

青岛出版社
QINGDAO PUBLISHING HOUSE

序一

为我60岁后写的这些顺口溜，不好意思求人写序。夜不能寐，把我记得住的一些诗句攒起来，权作序。这些诗句是催我奋进的，不是对自己文字的评价，不至于被误读为借题自吹，也不会涉及知识产权问题。

一、李耳诗

天长，地久。

……天大，地大，人亦大。

李耳，“笔名”老子，出生略早于孔子。鲁迅说，不读《老子》就不知人生真谛，我读老子的心得是“祖国唯一、人民万岁”。

二、屈原诗

路漫漫其修远兮，
吾将下上而求索。

屈原（约前339—约前278）的《离骚》《九歌》等与“日月兮齐光”，我初次朦胧读懂是1959年在北大听袁行霈老师讲解后。

三、曹植诗

丈夫志四海，
万里犹比邻。

曹植（192—232）此诗颇具前瞻性，当时能想到万里外当属不易。我1965年第一次去苏联、瑞士、东德、西德、英国，怀揣此诗。

四、孟郊《游子吟》

谁言寸草心，
报得三春晖。

孟郊（751—841）终生清贫，诗情真切，越是命苦，越懂得上进和感恩。

五、林则徐《赴戍登程口占示家人》

苟利国家生死以，
岂因祸福避趋之？

1997年我出任驻美大使前到中南海听取指示，江主席为我题写了林则徐（1785—1850）在流放大西北途中写的这首诗。

六、鲁迅《自题小像》

寄意寒星荃不察，
我以我血荐轩辕。

鲁迅（1881—1936）这首诗是1953年在胶南中学读初一时潘明玉老师教我的。

七、毛泽东词

苍山如海，
残阳如血。

我爱毛主席的诗词，有几首我和小梅1959年在北大学生合唱团时于团中央和人民大会堂唱过，《娄山关》中的这两行诗让我热血沸腾。

八、邓小平诗

我是中国人民的儿子，
我深情地爱着我的祖国和人民。

我有幸多次聆听小平同志教诲，他这话令我深深感动。

九、陈毅诗

火星有人类？月球有人类？
地球有人类，地球最可贵。

陈毅元帅外长（1901—1972）此诗我1970年初次去非洲常驻时读后永志不忘。

十、黑尔诗

我唯一的遗憾，
是没有第二次生命献给我的祖国。

2006年胡主席在耶鲁大学演讲引用了美国独立战争英烈内森黑尔的这句话，受到美中同学热烈欢迎。

十一、胡志明诗

走路方知走路难，
重山之外又重山……

我晋谒河内胡志明故居时，与越南北京外国语大学校友讨论过这诗。我发现，路永远走不完。全球190多国，我到过186个。还未到过不丹和最早种植玉米、我与之进行过私下官方接触的哥斯达黎加……为人民奔走是一种福分。

十二、钱其琛诗

为人类谋和平，
为祖国交朋友。

我常念钱老在人大记者会上对外交使命的概括。其他前辈黄华、学谦、黄镇、冠华、家璇、陈楚、文晋、韩叙、怀远、增佩、凌青、鹿野、道预、毓真及岳父秦力真均给过我类似教导。

十三、竞竞、徐婷、忙娟等谈我的书

读李爷爷的书发现，天地相距不太远；
远的是从自己的口到脚——
口管说话，脚管走道……

摘自2010年4月5日西北农林科技大学30多位同学的信。

十四、海涅诗

我是剑，
我是火焰……

这是1960年北大西方语言学系冯至主任和他的研究生李淑讲述的诗。作为读者和朋友，马克思曾告诫海涅（1797—1856）诗人也吃饭，也要视劳动者为衣食父母。雪莱（1792—1822）、莎士比亚（1564—1616）、朗费罗（1807—1882）等也是我喜欢的欧美诗人。

十五、马尔夏克诗

如果把时间放在天平上，你会发现：

有些岁月很短，有些分秒很长……

我的小学和中学老师张敦兰、张还藻、赵健、黄培初、刘凤楼、蒋树勋曾用这首诗提醒我珍惜生命。马尔夏克（1887—1964）是苏联（1991年圣诞节解体）儿童诗作者。

十六、老奶奶的诗

穷家富路，别饿着就行。
狗不嫌家贫，干不好回家种地也中。

我老奶奶没名字，活了93岁总共只用医药费1角5分：我根据爷爷的指示，到公社卫生所给她买过一瓶止咳糖浆，被她批评为“吃饱了瞎花钱”。去世前听说我要坐飞机，她担心地问：天上有厕所吗？千万别把老百姓晒的粮食给弄脏了。

十七、我爸诗

走吧，火车飞机不等人。
你不快拐弯，你娘哭不完。

我第一次出国时，我娘（无名，未上过学，但幸福地到首都看过孙子）不知什么是国外，只知外国比县城还远。我一出家门，她就跑到村口柳树旁望着我流泪。我爸（李瑞甫，小学未毕业即随老师参加抗日）嫌我老回头，在我肩上拍了一下，说了这两句话。

十八、小梅诗

辛苦，像农民工；
拼搏，像高中生。

这是妻子秦小梅对我的综合评价。她曾任联合国土著人事务论坛专家，退休后当过做公益的明星艺术团团长，曾被评为扶贫模范，现为三所残疾人学校的名誉校长。

十九、初儿诗

小路如知疲倦，怎能伸展遥远？
人一样——只要能动，就迈步向前。

“初儿”是爷爷（李敦元，农民，木匠，业余中医）给我起的乳名，“初”意味着开头，爷爷想让我为他引来更多孙子，可惜未能如愿。我两个弟弟出生当天夭折，我只有妹妹兆菊、兆玲，是他们替我送走姥姥、爷爷、奶奶和父母。老人走时，我都在远行路上。

二十、王蒙诗

青春万岁。

王蒙，我从少年到老年都喜欢的作家、前文化部长、青岛中国海洋大学文学与新闻传播学院名誉院长。他的作品多次让我在远行路上彻夜难眠，我曾想向他提出深情“交涉”。

为在漫长的飞机和车船途中摘记和涂抹自己与自己的对话，许多师友曾给我鼓励，如贺敬之、张颖、何理良、马凯、罗保铭、张建星、张锲、铁凝、冯骥才、陈昊苏、韩美林、黄永玉、季羡林、钱锺书、南振中、欧阳中石、苏葵、桑新华；表扬过我一些小诗的《半岛都市报》《人民日报》、采访过我的《中国少年报》《中国青年报》《诗刊》《诗潮》、授我智利总统聂鲁达文学奖的智政府、授我友谊奖的英国48家集团、授我友谊贡献奖的美国百人会、以我的姓命名一闹钟的联合国安理会、以我的名命名我出使美国最后一天的华盛顿市市长、因《同一个世界、同一个梦想》授我奥运纪念奖的北京奥组委……感谢生我养我教我的祖国和人民。

整理于2016年12月自广州飞墨尔本飞机上和2017年鸡年正月自北京赴杭州火车上。

序二

青春中国·少年球友

万千佳丽中，唯有你不施脂粉。
一片绝情，宁静向前。
你是青春！
中华民族复兴梦，
在绿色拼搏中实现……

百十山岳间，唯有你天开地阔。
平等友好文明和平，以诚信觅求伙伴。
你是中国！
人类命运共同体序曲，
在全球朋友圈唱遍……

1976年4月6日初稿于肯尼亚首都内罗毕西世界著名丹顶鹤聚居地纳库鲁湖畔，2017年2月6日修订于杭州六和塔下研讨二十国集团杭州峰会和瑞士达沃斯会议习主席讲话精神的“中小企业国际化视野”论坛上。

目录

001 亚特兰大儿歌
002 同一个世界选择北京
003 握别瑶族小学生
004 再谒马克思墓
006 永恒记忆是现实
008 埃塞俄比亚的毛驴、学堂……
010 土地
011 与祖国同呼吸
012 马达加斯加总统陪我下稻田
013 冰川结伴
014 阿富汗首都喀布尔
015 万隆小路
016 长安之子
017 握别京都友人
018 中俄边境儿童节
019 死海自嘲
021 哭墙不哭
022 “老干部”海外菜地
023 中东的有趣数字
024 故宫启迪
025 走马仰光
026 地中海琥珀
027 三到拉萨
028 格桑花欢迎曲
029 今秋西藏水
030 温哥华红杉
031 尼亚加拉瀑布彩虹
032 同一个世界，同一个梦想
033 雪
034 虹
035 风
036 回国前更想家

037 重访多特蒙德
038 尼日尔河畔的马里母亲
039 蒙罗维亚青年对中国外长说
040 环球凉热
041 瑞士逸事
042 迫降在维也纳温暖夜色
043 初到郑州
044 海边感悟
045 毛里塔尼亚沙漠球赛
046 上海比较朴实
047 七访开罗
048 安哥拉咏叹
049 丰碑
050 树干心胸
051 安理会生涯感情小结
052 满目青绿萨摩亚
053 对烈士幼子耳语
054 库克银河水清
055 国际日期变更线穿越汤加
056 有阳光就灿烂
057 难忘汉堡
058 杜尚别，“星期一”
059 请求证母亲的选择英明
061 河内音乐学院演奏中国古曲
062 老挝如画
063 圣雄·精致·中庸
064 关于委屈
065 初见泰姬陵
066 宿务雨
067 赞比西河

068　灿烂那烂陀
069　话说“广安”
070　戏说运城关云长
071　鹳雀楼、黄河大铁牛
072　地球村长者会儿歌
073　抽油磕头机
074　牡丹江
075　吉林抚松
076　赤水醉
077　迎红桥
078　初读西双版纳
079　厚重腾冲
080　中缅瑞丽情
081　白洋淀
082　世人想象多无奈
083　赠韶关友人
084　归去来，嫦娥
085　北京与奥运相约仲夏
086　外交战士的心
087　握别驻意董津义大使等年轻同事
088　欧洲秋雨
089　环球行小结
090　浓雾的启迪
091　三峡雨夜再读刘禹锡
092　女人岛
093　济州芒草
094　致深圳，中国的少先队员
095　南澳岛初渡
096　走近二〇〇八年八月八
097　戈兰高地和加利利湖春望

098　约旦佩特拉的奇特
099　武夷山三听
100　伯明顿山庄古橡树
101　剑桥大学演讲小记
102　奥运路有短有长
103　千岛湖风（三首）
104　半旗为遇难同胞
105　黄河入海静悄悄
106　抚远三角洲——黑瞎子岛
107　兴凯谣
108　申请最后一次撒娇
109　从果阿到纳兰达
110　祝贺家乡青岛奥帆初航
111　豆蔻之国格林纳达
112　加勒比海的呼吸
113　美丽的误会
114　邦旧命新　大众为本
118　东京湾·唐山湾
119　札幌印象
120　千岁市逸事
121　澳门回归九周年
122　莫斯科河稳稳流淌
123　珠海横琴岛
124　黄河故道正年轻
125　又绿阿坝汶川
126　和平昂贵
127　浮桥哲学
128　二十年六访古巴
129　草木皆师
130　荒凉的辉煌
131　娘·祖国
132　呵护小小地球村

133 “人民万岁”万岁
134 和而不同
135 初次植树富士山
136 巴塞罗那偶遇一女一男
137 致丹吉尔并怀念陈毅老首长
138 摩洛哥“白宫”卡萨布兰卡
139 冲绳见闻
140 世界小品变暖
142 从纽约到半边天
143 天上昆仑黄河源
144 人民万岁 祖国唯一
145 凯歌迎新人
146 哦哇耶，中马友谊年轻
147 宜春，美丽的家园
148 儿童在战争博物馆玩耍
149 太近太亲分不清
150 爱离石
151 长白山金达莱
152 呼伦贝尔秋爽
153 戈壁勇士，千年胡杨
154 四到“和平岛”
155 不老梦
156 长河无遮拦
157 初谒嘉兴南湖
158 腊梅山
159 借天光微笑
160 罗马尼亚梦孙女佳馨
161 不动如山唯民心
162 波兰兴叹
163 胶州湾和刘公岛发言
164 儿童节前登华山
165 为我们和地球加油

166 老百姓是咱党生命的源泉
167 我的少年“打油诗史”
172 和为贵，人为本
173 万千小白桦
174 连续访问白俄罗斯、乌兹别克
175 中哈同开玫瑰花
176 大嶝岛上望台湾
177 马克思、恩格斯故居前冥想
178 我的上帝是人民、祖国、家乡
179 朝鲜山区行
180 伟大者（如彭德怀、毛岸英）死后更见伟大
181 再见，平壤
182 永恒挂念
183 爱国求知
184 妈，儿子澳门正茁壮成长
185 再到联合国
187 真朋友，雨天伞
188 天旧人新
189 记年轻校友为祖国说话
190 三沙在呼吸
191 “上帝后花园”格鲁吉亚
193 火之国火
194 帝国史像春晚小品
196 冀州衡水湖
197 重游黄龙九寨沟
198 古城并肩
199 三亚美
200 大度
201 您好，朝气蓬勃的马老
202 知识就像盘中餐
203 这世界这历史和我

205　爷爷记孙女佳馨两岁半来电
206　腊梅缘
207　“不逾矩”自问
208　巴黎对中国情有独钟
209　吉隆坡云顶初游
210　赶大集，和为贵
211　南中国海的云
212　好人有好多老乡
214　勤学快乐　厚德致远
216　初到望城
217　永恒的泰山
218　敬农、爱农、兴农
220　携手初游南昌
221　刚毅坚卓为祖国
222　好一片新疆云杉
223　人生得意　孙女领导
224　亲娘黄河乌海爽
225　让和平友善的美梦在人间早圆
226　南海今天美明天更美
227　斯洛文尼亚纪游
228　关帝高和大教堂相近
229　泪洒利迪策
230　俺娘高尚
232　南海儿女想爹娘
233　这里的风景绿色的
234　可爱的澳门天天向上
235　怎么越老越多愁善感
236　我爱北大，我爱天安门
237　“对地球好一点”
238　“七·七”心仪平型关
239　笔端雄风志抗战七十周年
240　中意民心千年相近

241 长卷寸心知
242 “八·一五”前呼爹喊娘
243 德水安澜有新颜
245 美丽青岛我的家
246 夜航梦南沙
247 英灵永佑我江山
248 这里风渗绿
249 三亚和天堂大不一样
250 七到佛乡学史
251 重温母校的母校的爱国传统
252 初到历史文化名城临海
253 让明天更富更绿
254 南海畔　夜难眠
255 美丽乡愁新升华
256 美丽澳门答我问
257 含泪观《长征》初心更坚定
258 三上富士山
259 美梦与乡愁
260 地上天堂比肩向上
261 读史阅世感怀

亚特兰大儿歌

——欢迎中国大熊猫来美

熊猫，熊猫，
比部长重要。
出国乘坐专机，
陪同是有关领导。
接送讲究礼宾，
使命是大国友好。

熊猫，熊猫，
比部长重要。
菜谱由专家设计，
住房用电脑空调。
先在此小住十年，
生了崽是中国宝宝。

熊猫，熊猫，
比部长重要。
十天后才正式露面，
先要把时差倒好。
忙坏了记者一堆，
急坏了孩子不少。

1999年11月15日，历经中美官员多少轮艰辛谈判和双方专业人员多年精心准备，成都大熊猫九九、华华终于搭专机到达佐治亚州亚特兰大市，受到美前总统卡特、市领导和无数儿童及成人的热烈欢迎，还有人流下了喜悦的眼泪。

同一个世界选择北京

泪花飞溅神州，
欢笑澎湃长空。
中国钟情奥运，
奥运爱上北京。

北京人敢哭敢笑，
一心追求和平。
中国人敢作敢为，
十分珍重友情。
阳光选择公正，
青春承担使命。

2008盛夏神奇，
健儿们将出场作证：
世界的选择智慧，
选择的结果光明——
像亿万年苍天
郑重地选择星星。

2001年7月14日凌晨初稿于参加长安街群众自发欢庆北京赢得奥运主办权游行后。2007年11月23日改于自济州岛飞北海道路上。

握别瑶族小学生

一双双眼睛都会说话，
一双双小手那么冰凉。

拥别相约希望。

2003年1月8日自外交部负责帮扶的云南红河州金平苗族瑶族傣族自治县十里村冠军希望小学去亚拉寨农户途中。修改于2010年3月27日自鹰潭去西北农林科技大学路上。

再谒马克思墓

1965年秋雨里
相见恨晚。
三十八载后，
更为惦念。

小小寰球
转了多少圈！
总离不开，
你敏锐的视线。
泰晤士悠悠，
哪有你的阅历艰难！
理想没有坦途，
不朽的，是为群众奉献。

不要说
你在这里长眠。
“全世界劳动者联合起来”
是万国百姓胸中的呐喊。

一百二十个春秋
是宇宙的瞬间。
你预见的
是人类的无限。

我满头的乌黑
已似阿尔卑斯雪山，

还是理不尽
对你的眷恋。

喜马拉雅高耸，
怎比你丰厚的内涵！

真理没有顶峰，
关键是，不懈登攀……

2003年7月1日自里斯本经罗马、雅典赴巴黎途中。记6月26日在英第二次谒马克思墓。第一次是1965年9月。120年前，马克思病逝伦敦。他墓碑上镌刻着："Workers of all lands，unite!"似可译为："全世界劳动者联合起来！"下端刻着："Philosophers so far have only interpreted the world in various ways，the point，however，is to change it."大意是，哲学家们迄今只以各种方式解释了世界，但关键是变革世界。2010年3月29日修订于北京至昌平路上。

永恒记忆是现实

——一九七一至今中美交往零星感悟

外交的车轮神奇：
有时迅猛旋转，
有时爬行缓慢。

一九七一那个夏天，
基辛格博士创造性地装病，
飞过喜马拉雅群山。
还允许每位随从
买中国货一百美元——
似乎有点可笑，
其实是壮举空前！

一九七二黄埔江边，
更成熟的美国潇洒放言：
不挑战海峡两岸中国人的“一个中国”信念——
数千年的简单事实
成为撼动世界的重大发现！

三十一……三十九年过去，
超级幽默并未稍减——
说句“不支持台独”也上大报头版；
双边进出口数字长得快——
紧逼四千亿大关；
最大发达国、最大发展国
终于进化为战略伙伴——

理所当然的常规，
成为大勇大智的体现！

人类自教自学百千世纪，
还忙着为主权第一、言行并重等
初中生常识交涉、磋商、会谈……
花着纳税人的钱，
费着本可去读书、唱歌、打球的时间。

辉煌而可悲的历史，
庄重而可怜的外交官，
有时那么勤奋，
有时那么懒散……
细细捉摸，
纵横判断：
永恒的记忆就是现在，
完美的记忆尚待明天。

初稿于2003年12月访美后自渥太华飞墨西哥城途中，修补于2011年6月自乌兰巴托飞莫斯科途中。上海公报发表的1972年，中美贸易约25亿美元，2002年近1000亿，2010年达3853亿。我有幸听美领导人在克劳福德、埃维昂、华盛顿……重申“一中”政策、不支持“台独”。拉美诗人帕斯（1914—1998）说，“记忆是永不逝去的现在”。2013年4月9日修改于伊斯坦布尔。

埃塞俄比亚的毛驴、学堂……

刚看纽约贵妇
陪穿花背心的爱犬徜徉，
又见埃塞俄比亚大妈
赶着毛驴、
拖着学童，
蹒跚在黄土坡上。

“人人生而平等”——
美丽谎言，
还是天真奢望？
平等之母不是上帝，
是亿万民众觉醒后的力量……

非洲毛驴和亚洲的一样，
负重跋涉，不声不响，
对小学生谦让着，
从不损伤。

透过半世纪泪光，
又看到六七岁的我
为毛驴哭、为毛驴笑的傻样，
上学后更抗议无聊文人
对贵州毛驴的诽谤。

古今中外不缺骚客，
一筐套话不如实事一桩。

人有毛驴这么诚实的朋友，
温饱多了一点希望；
有母亲牵拉孩子上学，
世界多了一缕亮光……

2003年12月18日，初稿于埃塞俄比亚（古希腊语中意为“被太阳晒黑的面孔”）首都亚的斯亚贝巴（在阿姆哈拉语中意为“鲜花”）经开罗飞法兰克福汉莎航班上，修改于2010年4月26日随方强等红军小学捐助者于粤浙路上。中学里同学们觉得“黔驴技穷”之说表明故事编造者无知；后向贵州群众请教，证明同学少年有理。

土地
——波兰人的新娘

三次被瓜分，
用生命把握记忆，
让土地传承哀伤。

三次卷土重来，
用血泪灌溉民主，
让土地托起希望。

哥白尼锁定太阳。
肖邦引爆交响，
死也把心脏送还故乡。

居里夫人把新发现叫“钋”；
证明科学无国界、
科学家有祖国的断想……

2004年6月9日初稿于华沙至克拉科夫专机上，修改于2010年4月12日波兰人为元首专机失事而痛苦时，成都至重庆路上。波兰一千多年历史上曾亡国123年，三次遭列强瓜分。它培育了“转动地球、固定太阳”的天文学家哥白尼。“把炸弹藏在花丛”的诗人音乐家肖邦39岁去世后心脏存放华沙。两次诺贝尔奖得主居里夫人用波国名谐音把自己发现的新元素命名为“钋”。

与祖国同呼吸

——和土库曼总统诗

自打在母腹成胎，
就吸吮祖国的营养、空气……

祖国，
不敢设想没有你！
敬你、恋你，呵护你，
是我活着的要义……

2004年10月20日（与我的生日巧合）初稿于自土库曼首都阿什哈巴德纺织厂赴土博物馆车上，修改于2010年4月29日率人大外事委团飞上海世博会学习并出席南非馆5月6日开馆日途中。土总统尼亚佐夫与我签署合作协议前，赠我他的诗，其中“如果背叛祖国，还不如停止呼吸”一句特令我动情。

马达加斯加总统陪我下稻田

礼宾改革省时间，
总统邀我下稻田，
边走边讲小时爬树的共同故事，
当领导照样以食为天。

强调婴儿需吃奶、
国王要用膳……
脚下泥土是瑰宝，
插秧男女是圣贤！

2005年1月11日中午雨后，于马达加斯加首都塔那市郊车上。上午马总统和外长、农长陪我看稻田。总统与我谈我们儿时干农活和爬树等相似经历和两国农业合作。修改于2010年5月19日，自香港经约翰内斯堡赴马拉维（奇契瓦语意为“火焰”，2007年12月与我建交）首都利隆圭（意为“河水”）出席我援建马议会大厦竣工典礼路上，校友王克、王昱、旭航等同行。

冰川结伴

太高，
超越了雪莲的海拔；
缺氧，
呼吸是昂贵的奢华。

无力说话，
信息
靠心弦拨发。

攀援难，
请悄悄地
从背后推我一下。

滑落惊险，
请轻轻地
从旁拉我一把……

2005年4月3日，与尼泊尔友人爬山后自尼首都加德满都飞印度洋上马尔代夫首都马累途中。尼位于世界屋脊喜马拉雅山南麓，面积14.7万平方公里，多雪山。

阿富汗首都喀布尔

地势比较高，
挣扎着与上帝贴近；
命运比较薄，
无奈地与战乱毗邻。

在该玫瑰撒娇的墙头，
铁丝网炫耀着阴森；
在该情侣徜徉的树下，
懒散的外国兵荷枪执勤。

忽然，
泪光打起精神：
丑陋的碉堡旁
出现了小学生的白衬衫、蓝短裙——
这道朴素的风景，
当能抚慰“山上人”干旱的心，
几十倍地胜过
阿訇长吟、
政客阔论！

2005年4月4日凌晨于驻阿富汗使馆。阿1919年独立，面积65.32万平方公里，山地占70%。爱国民众视死如归，曾击败英殖民主义入侵、前苏联入侵。公元前137年张骞曾出使至此。1966年4月刘少奇主席最后一次出访曾至此。阿国名在古波斯语中意思为“山上人”。

万隆小路

迷蒙，
细长……
五十年前悬崖处，
周恩来们校准了方向。

五十年后，
号角依然悲壮……
求索在继续，
征途在延长。

2005年4月24日于1955年4月18日印度尼西亚万隆首次亚非会议开幕式大厅外。周总理兼外长对那次会议的团结成功贡献杰出。

长安之子
——京都

宽屋顶飘浮云烟，
千年松擎起蓝天。
见不到雕虫小技，
大气得恬恬淡淡。

自豪有理的京都，
依稀可辨的长安，
幸运有余之地，
梁老教授肝胆……

2005年5月8日自京都二条城（1868年明治维新前幕府时代按盛唐长安风格建成）去万福寺（1661年由我福建名僧隐元创建）车上。据王毅大使介绍，清华教授梁思成（曾参与设计联合国大厦和北京人民大会堂）1945年以保护文物为由劝美军不要轰炸京都，日知情民众都感激他。

握别京都友人

大道无遮拦，
乏善自作茧。
可悲莫过视无睹——
远近历史皆资源。

朽木犹可雕，
新人事浇灌。
总有一天当开窍，
不负明鉴当空悬……

2005年5月9日于大阪飞北京途中，受日某些建筑仿唐启迪，步唐民间诗人张打油韵。起飞前在松下会社受到中日同事欢迎，并看了小平1978年12月18日视察松下的文献片和不远处的万福寺名联“大道没遮拦……法门无内外……”。

中俄边境儿童节

绥芬无河，
林海不远。
千帆竞发楼群白，
绿浪潋滟。

难舍牵手歌一曲，
绥芬夜无眠。
情真不知处，
“六一”永远。

2005年5月31日，在黑龙江法棠书记陪同下慰问绥芬河边防哨所，在互市贸易区与中俄青年同唱《我爱北京天安门》《喀秋莎》……6月1日，中、俄、印外长将在海参崴会晤，中、俄外长将互换《中俄国界东段补充协定》批准书，最终使4334公里边界成为友好合作纽带。

死海自嘲

帝王将相、凡夫俗子，
谁不愿享受
只浮不沉、
怎么也淹不死的快感？！

躺上柔滑的水床：
蓝天没有云片，
喜欢扎堆的孩子
在死海噤若寒蝉。

死海酷，
这么咸！
咸死鱼虾、水草，
细菌、病毒都躲得远远。

含盐量超过百分之二十三！
不会游泳的笨蛋，我等之辈，
仰在水中看书，坦然平安。
业余摄影家尽兴创作，
不用喊“一、二、三”。

幸福地相互“抹黑”——
满脸满身死海泥炭，
做一次返璞归真的土鬼，
在生死边境，享受安乐死的体验。
——童年在池塘巧遇泥鳅

就这么又怕又欢，
有种对不劳而获的眷恋。

人啊，
对死海式的油滑
竟如此习惯！
可巴勒斯坦失学女童
在同一星空下苦喊，
伊拉克的男孩
把枪林弹雨当作玩伴……

同游死海的伙伴磋商：
应战胜安乐的诱惑、
感谢生命的有限——
趁着还没在“活海”死去
冲冲澡，摩摩拳
向好人再学点什么，
为孩子们多做一点……

2005年6月18日黄昏自约旦与以色列间的死海回约旦首都安曼车上。死海，水面1049平方公里，平均位于海平面以下407米。水中无生物，故称死海，也叫地球“肚脐”，水底黑泥有某些医疗功效。

哭墙不哭

墙内人
惊羡中国长城高昂。
墙外情
荟萃着东方善良。

墙缝无泪，
是灾难难熬时预支欢乐的地方；
墙头无华，
是生离死别时策划再会的地方……

2005年6月20日，自拉马拉（原意“沙丘”，又称“巴勒斯坦新娘”）去耶路撒冷（意为“和平之城”）、特拉维夫（意为“春之丘”）车上。

“老干部”海外菜地

人约黄昏，
靠美好回忆度日，
有夜冷、晨饥的风险。

晨光熹微，
携妻女种红椒绿菜，
不愁吃穿。

2005年6月21日自耶路撒冷大屠杀纪念馆至以色列国会途中，想起驻以大使陈永龙（我赠他的雅号为“老干部”）在使馆院里种中东罕见的中国韭菜等。

中东的有趣数字

共有一块土地，
同敬一尊神。
马厩里小男孩可爱纯真。

创三大教派、
打四场大战、
谈五大双边。

斤斤计较无错，
就怕财富除以贪欲、
灾难乘以至尊。

“土地换和平”谁来换算？
五花八门心散，
十面埋伏危险。

百里狰狞隔离墙，
千万弹痕戈兰山，
天下数字无数，
搅动人间！

2005年6月24日至26日自戈兰高地(山坡上有铁网隔离墙）去大马士革（意为“手工作坊”）、贝鲁特（别称“小巴黎”）、罗马途中。据说神的儿子约公元前4至7年生于伯利恒一马厩。三大宗教荟萃的中东自1948年有过四次战争、五个主要双边会谈。联合国欢迎中东问题上“土地换和平”等思路。有关数字由开罗大学优秀生翟隽提供。

故宫启迪

周口店甘于沉寂，
孕育了君王的辉煌。

黄土地不舍拼搏，
导演着十三亿小康。

昨日昭示明日，
祖国地久天长。

2005年7月21日与友人谈历史、未来和联合国改革等于紫禁城南。

走马仰光

历尽雷击，
快捷了春意。
不容半寸荒沙，
绿色弥漫大地。

热战冷战频仍，
和平不乏生机。
菩提金塔相伴，
民心无敌。

2005年7月28日初访缅甸仰光（当地古语中“缅甸”有“快捷”之意、“仰光”意为“无敌之城”）后于回国途中。仰光大金塔旁有棵千年前来自释迦牟尼故乡的菩提树。

地中海琥珀
——塞浦路斯

海上漫卷的泡沫
凝成维纳斯琥珀。
一万一千年光泽
抚慰蓄泪的心窝。

海边铜铸的城乡，
波塞东多次来过。
和解的文件成堆，
橄榄果依然短缺。

2005年8月23日结束对波罗的海、亚德里亚海、地中海六国每国一天的访问后于回国包机上。塞浦路斯（希腊文意为“铜”）11000年前就有人类村落。传说女神维纳斯诞生在塞海滨泡沫中。此地与亲人告别常赠可装伤心泪的小瓶。琥珀是松脂和昆虫合成的化石。1963年以来，安理会已为塞冲突问题通过十多个决议。

三到拉萨

世界屋脊阅历，
人生难得的档案。
严寒催发春暖，
艰辛描绘夏艳。

拉萨河明月盈亏，
儿女们忠诚弥坚。
十三亿兄妹同行，
五十亿洋人惊羡。

2005年8月27日，随贾庆林主席所率庆祝西藏自治区40周年中央代表团抵拉萨，喜遇来藏挂职的建民等老乡。

格桑花欢迎曲

拉萨河清欢迎你来，
桃红莲白为你开怀。

日喀则欢迎你，
格桑花天使把门敞开。

“扎西德勒”欢迎你，
世界屋脊友善慷慨……

2005年8月27日在雅鲁藏布江边参加助办希望小学。格桑花在藏语中象征友情与爱。

今秋西藏水

西藏美，
最美今秋水。
圣湖映照丰收的青稞，
珠峰衬托天路的门扉。

西藏美，
最美今秋水。
水里有农奴的历史辛酸、
翻身热泪、
五十六个民族的四十年汗水、
新千年春夏秋冬的光辉……

2005年8月30日夜，在传堂书记陪同下参观“天路”拉萨火车站后于拉萨民族路车上。

温哥华红杉

身材时尚——
瘦高、干练。
宛如印第安人的图腾，
鲜有琐碎的装点。

直到与云霞为邻，
才冠盖婆娑纷繁……

2005年中秋节自温哥华赴纽约出席第60届联大途中，记胡主席与加拿大总理马丁日前在渥太华同意把中加关系提升为战略伙伴关系。

尼亚加拉瀑布彩虹

——送青年同事

虹
高远，
是瀑布劲飞的豪放。

霜
晶莹，
是中秋丰收的端庄。

枫
含羞，
是大自然对“科学统治”向往。

2005年9月11日（中秋节前一周）自多伦多飞墨西哥城途中，记在“枫叶之国”加拿大看彩虹把尼亚加拉瀑布的天空和水底浑然连为一体，忆及马克思1853年《不列颠在印度统治的未来结果》一文中说，应实行“科学统治”。

同一个世界，同一个梦想
——更高更快更强

地久，
天长，
北京奥运梦圆，
世界友爱欢畅。

〇八年八月八，
圣洁、祥和、荣光。
60亿人的心，
同北京、青岛、香港联网。

谦逊使人进步，
公正就是力量。
奥运博大，
全方位更高更快更强。

2005年10月20日于在京山大、南开、清华、北大校友联欢会上。

雪

今年头场雪
纷纷扬扬，
粉饰旧的阴霾，
催生新的希望。

2005年10月27日飞越欧亚交界的乌拉尔山。

虹

天上远远的
是彩虹，
地上实实的
是长城。

多姿的飘逸
是无价的真诚。

2005年10月29日于京郊昌平路上。

风

半岛多风。
暖风愉悦，
寒风干净。

半岛多风。
逆风把一些人吹壮，
顺风让一些人变形……

2005年10月30日飞越朝鲜半岛和日本列岛上空。

回国前更想家

微妙多变
世态炎凉——
老掉牙的套话，
活生生的真相。

不变：
在家父母第一，
在外祖国至上。

2005年11月1日晨自肯尼迪机场飞北京前于落叶知秋的纽约街上。记昨与丛军、禾、苗、威等谈文化现象。肯尼迪说过，不要问国家为你做了什么，要问你为国家做了什么。

重访多特蒙德

重访多特蒙德，
过了四十秋春，
脸上多了些鲁尔煤纹。

黑云下还有绿茵。
“邦旧命新”面前，
还是孩提般情真……

2005年11月12日晚自鲁尔矿区多特蒙德至杜塞尔多夫路上，想起冯友兰老师“邦旧命新”的教诲。我上次来多市是1965年10月，学生时代唯一一次出国。1961年中国首次在多市获世界级体育金牌（容国团获乒乓男单冠军）。鲁尔自1840年一直是德最大产煤区，曾有60多万矿工，现有3.5万；煤矿最深处达地下850米，与开滦煤矿相仿。

尼日尔河畔的马里母亲

把芒果、面包、希望
顶在头上，
步履款款——
愿河水浇灌出吉祥。

把儿子、女儿、未来
捆在背上
目光融融——
愿河水后浪超过前浪。

2006年1月15日自马里首都巴马科经科威特飞利比亚名城锡尔特（意为“我走了”）途中。尼日尔河，“西非母亲河”，长4160公里，源于几内亚高原，经马里、尼日尔、贝宁和尼日利亚入大西洋。

蒙罗维亚青年对中国外长说

感谢你赞扬蒙市风景，
但如果没有和平，
风景美，一点儿没用。

感谢联合国帮助维和，
但如果还是失学、失业，
最多是困境的稳定。

感谢你带来热烈友情，
要紧的
是务实合作，
让我们有班可上、有课可听。

2006年1月19日，自利比亚首都的黎波里（意为“三座城”）飞乌兹别克首都塔什干（“石头城”）途中。日前利比里亚首都蒙罗维亚一群青年对我高喊：“欢迎你，感谢你；要和平，要工作。”蒙市1822年作为获得自由的美国黑奴的居住地而建，原为纪念美第五任总统门罗。利近14年来饱经战乱。我有600名官兵参加联合国在利维和行动，有来自山东、黑龙江等地的专家参加重建。

环球凉热

北极圈
倒挂着吝啬残月，
赤道线
炫耀着奢侈骄阳。
坎大哈一群男孩
在铁丝网外彷徨，
费城钢琴旁的女士
为“人人生而平等”歌唱。
比杀伤性武器更难防的
是持续扩散的世态炎凉，
比禽流感更难控的
是贫富鸿沟的延长……

伟人
有把昆仑裁为三截的诗梦，
众生
正亲历不公平的时光。

狗年（2006年）初二离京赴伦敦出席阿富汗问题国际会议途中。坎大哈为阿战略要冲。费城为美国独立宣言签署地。为解决世界冷热不均，毛主席曾有把昆仑山截成三块的“诗想”。

瑞士逸事

管可口的奶酪叫和尚头，
却同和尚无关；
管一座雪峰叫少女，
只因她险要、酷寒。

资源贫乏得要命，
产品精致美观；
人们富得流油，
仍早起早睡节电。

样子像欧洲中心，
却不是欧盟成员；
多少年不参加联合国，
只承办联合国大会小会——
出名、赚钱……

2006年2月2日在苏黎世机场等待起飞赴维也纳，记刚对瑞士朋友说的一些诚恳的客气话。瑞士2002年才加入联合国，有富而不忘节俭的传统。

迫降在维也纳温暖夜色

——正式出访挪威空中历险记

阿尔卑斯冰峰美丽狰狞，
多瑙河畔薄暮静静悄悄。
赵军司长飞行中睡态可爱，
头枕伊朗核问题和扑克赛失利等若干烦恼。

孝文博士的智慧拧出冷汗，
汤瑛的经验挤出微笑。
当永一方舟两小时内第二次报到，
维也纳懒散的雪花多情姣好。

我没注意舷窗外救护车到，
还在想易卜生在今天也境界够高。
把维也纳当成奥斯陆不算什么事儿——
同一面五星红旗坦然轻飘……

2006年2月5日子夜于维也纳饭店，刚送走永华、海龙、建超等玩伴。昨晚离奥地利首都维也纳飞挪威首都奥斯陆，因机翼故障返回维也纳。机长永一、乘务员李晶、参赞孝文、礼宾官汤瑛等都在为此紧张不安，却对代表团秘书长赵军和团长我保了密。易卜生为挪威剧作家，20世纪30年代鲁迅曾关注他鼓吹男女平等的力作《玩偶之家》。

在五十多年外交生涯中，我曾三次在非洲感染疟疾，被中国医疗队用青蒿素当天医好；共两次在欧洲上空与死神擦肩而过，感谢学姐屠呦呦及其团队的发明，感谢民航同志的沉着应对，感谢先辈为国为民不怕牺牲、淡定达观的榜样。

初到郑州

不到联合国，
不知自己官小；
不到河南省，
不知今年春早。

联合国九点半开会、争吵，
河南人六点半开渠、架桥……
亚洲第一水幕电影院，
比好莱坞建得还早。

联合国文山会海，
俺河南学加蓬、马岛，
和谐为重，
少林寺武僧栽树、种草……

大官小官数不尽，
对老百姓有用才好。
小和尚端坐总统肩上，
老方丈笑眯眯摇头晃脑……

2006年5月7日下午飞赴联合国总部途中，记中午乘火车自郑州到北京西客站。郑州的水幕电影和绿化工作令我耳目一新。非洲的加蓬、马达加斯加重视植树护林。俄总统普京访问少林寺时曾把八岁武僧释小广扛在肩上。

海边感悟

人类还在伊甸园昏昏，
大自然已无限深沉。
柏拉图爬上橄榄树杈，
浅海微澜让他出神。

昨夜乍看圣经，
立马情不自禁：
谋名求霸
是历史性的愚昧；
天人相依
是宇宙的童贞……

2006年5月20日于巴哈马（意为“浅滩”）首都拿骚郊外海滩上。古希腊哲人柏拉图说，大海远处必有奥秘。巴有700多座岛屿和2500多个珊瑚礁，有加勒比“伊甸园”之称。

毛里塔尼亚沙漠球赛

无垠大漠，
豪迈苍凉。

如醉的顽童，
如痴的球场。

风口里争踢，
沙尘中的希望……

2006年5月22日自毛里塔尼亚首都努瓦克肖特（意为“风口”）飞科威特途中，难忘无数男孩昨日（星期天）在风沙中赛足球。毛位于撒哈拉沙漠西北端，国中一些地方终年无雨，沙漠在以每年约2公里的速度扩张。

上海比较朴实

中国大城市里，
上海比较朴实。

说请你吃饭，
是真请，
不是客气。

请你喝酒，
并不勉强——
客人可以随意。

向外国学有用的，
为知识产权付费，
注重童叟无欺。

为友谊尽量出力，
该要钱要钱，
不屑于炫耀阔气。

越比较发达，
越趋向务实。

2006年6月15日上海合作组织峰会闭幕后，自浦东国际会议中心返西郊宾馆途中。据韩市长介绍，上海注重学习外国先进科技和保护知识产权。美前总统克林顿曾私下对我说，中国城市中他最喜欢上海简约的礼宾风格。

七访开罗

初次相聚，
正当年华。
第七次相约，
稀疏了头发。

不老的
是尼罗河的静谧、
金字塔的高大。

更年轻了：
开罗人唱台湾民歌，
山东人挥西藏哈达。

狮身人面
披着同一片月亮面纱——
长江、尼罗同流，
心与心对话。

2006年6月17日夜自1943年《开罗宣言》签署地米那宫，经中埃建交50周年音乐会（老乡歌唱家彭丽媛唱了西藏歌曲、一埃及女高音用普通话唱了台湾民歌）返洲际饭店车上。

安哥拉咏叹

三十年愚昧内争，
新世纪智慧宽容。

内乱孕育和解，
外患拓宽心胸。

“低洼地”志在高耸，
鼎力发展——万众万幸。

2006年6月21日自安哥拉首都罗安达（意为“低洼地”）飞南非立法首都开普敦途中。安有“南部非洲聚宝盆”之称，但30年来有外部背景的内战使安民生困难，和平发展刚开始。

丰碑

中国心目中，
非洲纯朴；
非洲心目中，
中国真诚。

没有甜言蜜语，
不是迷离风景。
是辛勤劳动、悲壮牺牲。

黄金买不到的品格、
法律难比拟的准绳。

2006年6月23日陪温总理凭吊中国援坦桑尼亚专家公墓后飞乌干达专机上。有69位同胞长眠坦桑，其中51名20世纪70年代牺牲在坦赞铁路工地。

树干心胸

让根
消受源本的荣光，
让花
展示形象的漂亮。

苦苦支撑千枝万叶，
孜孜传承杏脆梨香。

2006年7月在日内瓦万国宫缅怀周恩来总理兼外长首次率新中国代表团出席重大国际会议。

安理会生涯感情小结

有些岁月短，
有些分秒长；
许多工作日记不住，
有的周末难忘。

困难派生睿智，
尴尬隐含希望。
子夜劳累莞尔一笑，
心头热血迎引霞光……

2006年7月17日陪胡主席自圣彼得堡飞北京。7月6日，美总统生日，接母亲电话祝贺30分钟后，与中国元首通话；11日，孟买遇袭，174人身亡；12日，巴黎“5+1”把伊核问题推回安理会，同日黎以武装冲突；13日，卡塔尔草案遭否决；16日，1695号决议通过……

满目青绿萨摩亚

萨摩亚——
吴道子的羽笔在云间轻画。
再洒脱一点吧，
让碧绿浓冽得泼辣。

萨摩亚——
梵高的色块向天幕抛洒。
稍恬淡一点吧，
更贴近梦与真交融的幽雅。

2006年7月31日自萨摩亚经纽埃飞库克群岛途中。吴道子（约685—758），唐代画家，代表作《天王送子图》。梵高（1853—1890），荷兰油画家，代表作《向日葵》。

对烈士幼子耳语

阿爸遇难远方，
走完美丽人生。

别哭，孩子，
快在阿妈怀中成长，
让中东英灵安宁。

叔叔阿姨接替你爸，
为和平继续奋争……

2006年7月31日，建军节前夕，自密克罗尼西亚飞萨摩亚。在黎巴嫩维和的杜照宇中校7月25日遇难，我于次日在马来西亚通过电报向烈士的夫人和两岁的儿子转达东盟地区论坛外长会和中国代表团的慰问。

库克银河水清

一样的天空，
不一样的阴晴。

库克岛精致：
椰子絮轻松……

吴刚找炊烟困难，
织女望牛郎多情——
天际狭窄得热闹，
簇拥着灿烂群星。

2006年8月2日自库克群岛飞汤加王国，记子夜时分漫步床前海滩，首次见夜空挤着那么多星星。神话称，吴刚因与天帝个人关系出现麻烦而被流放月球。

国际日期变更线穿越汤加

地不分西东，
有太阳就有光明。

国不说小大，
讲公道就爱和平。

人不论官衔，
朋友重在平等……

2006年8月3日自汤加王国飞斐济群岛共和国，记汤摄政王昨夜畅谈中国哲学中“和为贵”“大道中庸”等命题。汤临近国际日期变更线，是全球第一个迎接旭日的国家。

有阳光就灿烂
——芬兰咏叹调

上帝给了不多的明亮、
太多的严寒……
波罗的海的女儿
依靠自己的坚忍，
一线阳光就烨烨非凡。

历史给了不多的机遇、
太多的灾难——
百分之十的土地丢失，
六百年被外国侵占……
多亏列宁的善意，
波罗的海女儿们才独立发展……

大自然给了不多的柔情、
太多的冰岩……
波罗的海女儿
对每一寸和平都珍惜眷恋：
用白桦支撑苍穹，
湖水把北极温暖……

2006年9月12日自芬兰首都赫尔辛基（雅称“波罗的海的女儿”）飞伦敦途中。芬历史上受外来统治六个世纪。俄“十月革命”后，列宁支持芬独立。二战后芬11%国土丢失。芬靠近北极，有近19万个湖泊、近18万座岛屿。芬2005年被评为年人均从图书馆借书最多的国家。芬崇尚城乡并重，已开始普及大学教育。

难忘汉堡

汉堡四十一年前，
易北河风高浪险。
而今沪汉成姊妹，
弦歌万里相伴。

2006年9月14日自汉堡去柏林火车上，记昨夜欢庆汉堡上海结为姊妹城20周年暨中欧论坛第二届会议。汉市长告诉我“汉堡”即是“中国堡”。汉老人合唱团用中文唱了中国国歌。1965年9月我初访这个德最大港口时，中国和联邦德国尚未建交。

杜尚别，“星期一”

据说，
上帝造人从此开始。
多少年过去才知道
世上哪有这道理。

受欺时，
自己不喊无人理，
自己不强站不直。

上帝远，
不可及。
造人、创世纪靠自己。

2006年9月16日陪温总理访塔吉克斯坦后回国途中。塔号称“高山之国”，人均淡水量世界第一。首都杜尚别在塔语中意为“星期一”，建于1924年，1999年9月与乌鲁木齐结为友城。《圣经》说，上帝于星期一开始造人。

请求证母亲的选择英明

——与外交部新干部谈心

你选择对祖国忠诚，
为人民在国际上劳动。
孩子，
我祝贺，同情。

你申请入部时可够冷静？
可知道前路多长——
长过百倍、千倍
地球的直径？

可听说
大漠寂廖、赤道泥泞、
最高首都拉巴斯
高过雪线的寒风？

雨林疟蚊、
深巷枪声，
“台、海、堂”灯红酒绿……
也是考验你的长征。

向同龄人显摆
只能算自作多情，
对外装腔作势
只暴露格调远不够水平。
让老百姓会心微笑首肯

才是初步成功。

上路吧，
带上军用水壶，
瞅准北斗七星。
祖国母亲选择了对你信任，
你得用行动持续求证
她的选择有远见，比较英明。

2006年10月3日自外交部新大楼去长城车上，记应干部司司长吴恳之邀与新录取的干部谈心。2009年8月1日修改于日内瓦至北京途中，忆周总理所说，外事干部是文装解放军。拉巴斯，玻利维亚首都，海拔与我日喀则相近。“台、海、堂”指钓鱼台国宾馆、中南海、人民大会堂。

河内音乐学院演奏中国古曲

眉眸亮丽，
素指飞弹，
弦丝颤，
委委婉婉。

高山流水，
和声润圆。
秋水纯，
恬恬绵绵……

2006年11月17日自河内巴亭广场去亚太经合组织会场车上，记昨晚河内音乐学院师生演奏中国名曲《平湖秋月》。

老挝如画

这样文静——
男士为女士戴斗笠，
没有刻意的矫情。

这样从容，
官员退休回家种地，
没有坐吃老本的昏庸。

这样宽松，
鸡鸭在高楼下斗趣，
与盛装的游客交融……

2006年11月20日自万象（意为“檀香之都”）喷泉公园（2004年11月28日由万象市长和我剪彩开启）去见上海青年志愿者途中。老挝干部退休后可按级别分得土地自己耕种。

圣雄·精致·中庸

神圣是一种精致，
雄伟是一种中庸。

爱国不伤邻邦，
爱财不伤信用。

崇尚大义，
倡导大公。

难怪你口碑实在
灵韵长青……

2006年11月21日在老德里圣雄甘地（1869—1948）墓细读他的社会主张后去孟买路上，忆古人云“极高明而道中庸”。印度同事说，印人民爱甘地，只有他远走非洲的儿子常抱怨父亲只关心百姓而没给孩子父爱。

关于委屈

人生路上，
委屈有建设性功能；
大自然的和谐
容纳了多少不平！

花光亮，
想让天空高兴；
天空无意，
有时沉着面孔。

花摇曳，
想为风雨助攻；
风无情，
常摧残她的笑容。

花大度，
逆境里更加欢腾：
委屈是她互动的顺差、
靓丽的牺牲……

2006年11月25日自伊斯兰堡飞拉合尔专机上。

初见泰姬陵

情深意切
造就旷世雍容。

才华飞扬
装点皇权雄风。

恣意放任
断送了寻常亲情。

三百年悲怆
交响着人间辩证……

2006年11月22日自世界七大建筑奇迹之一印度泰姬陵赴印第一大城市孟买（我1970年到过）途中。泰姬陵系莫卧尔王朝第五代皇帝自1632年其宠妃泰姬生第14个孩子难产死后用22年建成。这皇帝却被其第三子软禁在陵外土堡，每日望陵垂泪，9年后故去。

宿务雨

久违了
细雨、薄雾。

从什么时候
洁净成了奢侈、
沙尘加大了“力度”？

人啊，
千万节制挥霍，
别遮挡子孙前途……

2007年1月13日写于菲律宾宿务郊区山林细雨中，从满目葱茏想到有的地方干旱、雾霾。

赞比西河

欢呼雀跃，
倾国倾城，
数不尽的黑黑黄黄
共与骄阳辉映……

心心相印，
相辅相成。
长江水连赞比西，
快乐融融。

2007年2月3日自喀麦隆、利比里亚、苏丹飞抵赞比亚，于进卢萨卡市车上。非洲兄弟和华侨结队欢迎胡主席访非。赞比西河是赞母亲河，河上有联合国世界自然遗产维多利亚瀑布（又名“雷霆之雾”）。瀑布宽1736米，最大落差108米。

灿烂那烂陀

砖城俯仰，
人间沧桑。
和尚裸露着肚脐眼儿，
攀高远望。

瘦牛看老妪铡草，
炎阳催汗珠儿流淌。
婧丽“索妮”拨手机，
期盼黄昏清爽……

2007年2月12日参加玄奘纪念堂修缮竣工典礼后自那烂陀大学旧址去佛山灵鹫峰（杭州飞来峰原型）车上。那大有师生同吃同住传统，唐僧玄奘（603—664）在此留学和任教约12年。印度是造砖最早的民族之一。“阿拉伯数字”从印经阿拉伯传到中国。“索妮”是印女孩常用名，意为“俊美”。20世纪50年代，周总理和尼赫鲁总理同意共建玄奘纪念堂。据玉玺大使考证，佛教富辩证精神，从僧人到舞女都用以自励。

话说“广安”

有一种宽广，
宽广得细腻。
不管天高地厚，
只管油盐柴米。

有一种平安，
平安得惬意。
不计自我沉浮，
只虑百姓忧喜……

2007年5月18日自沫河旁、沠江边，经朱德、黄继光故乡去小平故里广安，心想着发展是硬道理的朴素。

戏说运城关云长

没有流行摇滚，
却被世代“粉丝”传唱。

麦城纪录有点像男足，
却是万千人的追星方向。

穷地方盛产高干，
好悲剧不缺豪放。

2007年5月30日关云长（160—219）故乡山西运城解州至风陵渡路上。关年轻时因杀人逃到河北，结盟刘备、张飞。关一生军事上胜负兼有，政治上虽有诸葛亮指点，至死未见成熟，人品和理念却广受称颂。

鹳雀楼、黄河大铁牛

相见恨晚——
楼空高，
三百里缺水，
五百里少鸟。

相见恨早——
意难全，
盼两千里水清，
望三千鹳早还……

2007年“六一”前夕初访黄河大铁牛和因王之焕（688—742，曾在衡水任文秘）诗扬名的鹳雀楼、因《西厢记》扬名的普救寺。为追崔莺莺，张生苦读有成，但做官后在“普救”（包括环保）方面乏善可陈。

地球村长者会儿歌

地球村，
大又圆。
朋友多，
花色全。
老来爱学习，
学啥都好玩。

地球村，
大又平。
有争吵，
有歌声。
只要心眼好，
干啥都高兴。

2007年7月19日于南非布隆方丹（意为“花蕾”或“蓝泉”）郊外。昨在国际长者会（与会者包括南非前总统曼德拉、美前总统卡特等）发现：智者越老越爱学习、越爱逗笑……

抽油磕头机

——心仪活着和已去的铁人

不迷恋月光轻柔，
不理会冰雪严寒，
不急不躁地昂首、弯腰……
不停地为祖国吐咽。

不打扰清闲邻居，
不嫉忌时尚大款，
不慌不忙地收腹、曲臂……
不倦地为祖国聚散。

战友心里，
你是温暖的手扪子；
母亲眼中，
你是无敌的铁吊钳。
你平凡得神奇，
神奇得平凡！

2007年7月30日自齐齐哈尔扎龙丹顶鹤自然保护区至大庆车上。扎龙有400多只丹顶鹤，占世界总量约20%。大庆约6万抽油机日夜“磕头”吸油，年产4300多万吨。大吊钳是油田初创期“铁人”王进喜和战友们转动钻机用的，手扪子是防寒手套。

牡丹江

少年牡丹江，
威虎山是你的仪仗。
纯得像蓝天白云，
香得像老坛子陈酿。

少女牡丹江，
“镜泊”裙裾闪亮。
活泼得像响水稻，
温暖得像土火炕。

巍巍“亚布力”，
弯弯牡丹江——
玲珑、殷实，
婉约、粗犷。

2007年8月2日自牡丹（古语里意为“弯曲”）江，经亚布力（意为“绿色果园”），去哈尔滨（意为“晒网场”）车上。威虎山，英雄杨子荣（山东人，1923—1947）战斗过的地方。镜泊湖，水面4000多平方公里。牡丹江市森林覆盖率68%，市郊江西村的水稻由叮咚作响的水渠灌溉，故名响水稻。

吉林抚松

抚摸白山岳桦、
洁净蓝天。

爱护沃土老参——
多年饭碗。

培育锦江蓝莓——
黎民的甘甜。

2007年8月6日天池—靖宇—长春路上。吉林白山抚松县位于中朝边界天池畔，森林覆盖率87%，乔木以岳桦等著名；锦江是松花江上游在该县的支流，岸边盛产人参、蓝莓。人参长成约需6年，收获后原地需休耕3年。

赤水醉

人生欲尽兴，
赤水千百渡。
桫椤梦情深，
竹海醉意绿。

2007年8月17日贵州竹海路上。楠竹300年前自闽入黔，已在赤水地区繁衍约45万棵。桫椤号称植物化石，2亿年前为恐龙的主要食物，现赤水流域有4万多株，是全球最多的地区。

迎红桥

迎红桥下水，
北上走四川。
乌江泪成浪，
凝重望延安。

择山毗邻居，
气平胸襟宽。
与天结党行，
民心永做伴。

谷深秋意迟，
炮声未去远。
茅台人不醉，
迎红路漫漫。

2007年“八·一五”抗战胜利纪念日翌日赴茅台镇车上。1935年1月7日红军初到遵义，民众在乌江桥旁欢迎，该桥现称迎红桥。毛主席在遵义说，与天结党得民心。红军在遵义会后四渡赤水。

初读西双版纳

初读西双版纳，
爱得没法商量。

想采撷一粒槟榔，
又怕雨林呼吸少一缕芳香。

想攀折一片望天树叶，
又怕野象午休少一寸阴凉。

想赶走烦人的白蚁，
又怕衬托不出凤尾竹的清爽。

想带走一朵澜沧江浪，
又怕傣女高歌少一位伴唱……

2007年9月8日西双版纳（意为“十二个坝子”）州府景洪（意为“黎明曙光”）沿澜沧（意为“野象家园”，下游为湄公河）江去勐腊（意为“茶城”）中科院热带植物园途中。望天树，云南最高树，可达93米，号称“通往天堂的神树”。

厚重腾冲

腾冲，
辉煌。

滚滚龙川
诉不尽历史哀伤：
日军占领两年，
六万同胞死亡……

巍峨高黎贡
诉不尽抗战的悲壮：
中美男儿肩并肩，
各族百姓热海心肠……

典雅翡翠
照不全明天的光亮：
和顺老年合唱团正当年华，
图书馆是少年爱去的地方……

腾冲，
高昂。
在祖国版图上位置美，
在人类阅历中有分量。

2007年9月12日云南旅次。龙川江发源于高黎贡（意为“日出的地方”）山，流入缅甸与老挝的界河伊洛瓦底（意为“金水”）。日本侵略军1942年攻占腾冲，杀害当地居民60000多。1944年中国军队在美空军和当地百姓支援下收复腾冲，中方官兵阵亡8672人，美军阵亡19人。腾冲多温泉，有“热海”之称。腾冲翡翠店多。和顺是文化古镇。

中缅瑞丽情

抬同一把花伞纳凉，
在同一场雨中插秧。

渴时饮同一口井水，
舞时同一只孔雀伴唱。

在一个屋檐下磨琢玉石，
用一个心眼儿描绣时尚……

2007年9月13日于德宏傣族景颇族自治州瑞丽（意为“云雾和谐”）中缅边境银井口岸。这里有中缅一井、一寨、一玉石集市和孔雀跨界等奇观。生于昆明的张礼宾司长告，云南人有时管“举”叫“抬”。

白洋淀

白洋淀不白，
在民族“最危险的时候”，
浑厚地掩护过
雁翎大队。

这里芦苇不稀，
当可持续遭遇挑战，
浓密尘封
黑土地的沃美……

2007年10月1日自张嘎子战斗过、孙犁歌颂过的“荷花淀”——白洋淀回京路上。雁翎队是20世纪40年代名扬华北的湖上抗日游击队，其步枪引信处装有大雁羽毛防水。

世人想象多无奈

——再访广东纪实

先有番禺鱼塘，
再闪羊城灯光。
时间隧道二百载，
深圳触电变亮。

世人的想象薄弱，
难与宇宙较量。
星转千年才发现
韶关丹霞芬芳……

2007年10月6日广州（雅号“羊城”）韶关（传说中舜帝曾在此奏韶乐）途中。番禺比广州成名早，更比深圳早。丹霞山2004年被联合国教科文组织评为世界地质公园，全球1200多处冠名丹霞的地貌在韶关发育最丰满。

赠韶关友人

丹霞千二百，
最美在韶关。
相约来日看梅岭，
先辈遗途待登攀。

2007年10月7日韶关市曲江区路上。1936年，陈毅在韶关写下《梅岭三章》。“此去泉台招旧部，旌旗十万斩阎罗”每每震撼我心灵。

归去来，嫦娥

几千年了，
嫦娥姑娘！
你不辞而别，
妈妈和弁几多悲伤。

不怪你，
好胜的姑娘。
亲人彼此牵挂，
却没有相会的良方。

合肥报来喜讯，
有同胞将飞离西昌，
赶快打点行装，
嫦娥姑娘！
给吴刚、白兔披上桂花，
一起回安徽故乡。

2007年10月17日在京西宾馆听说可能于十七大后去西昌观摩嫦娥一号工程。有安徽同事宣称，嫦娥的老公名弁，猎手兼化学家；神话中嫦娥的原型祖籍安庆或徽州（待核实）。

北京与奥运相约仲夏

北京——
激情的城市，
仲夏——
美梦的故乡。

北京呼唤友谊，
仲夏呼唤健康。
奥运青春天使
呼唤正义之光。

2007年10月21日北京飞纽约途中。

外交战士的心

小得
只能把祖国容下；
大得
宇宙都装不满它。

很近——
国歌响起手抚着；
很深——
浪起时守护海峡。

窄得
挤不进傲慢偏见；
宽得
能吸纳对手的经验。

甜蜜——
为母亲的健康欢欣；
幸福——
为难求的和谐劳顿。

脆弱，
受不了传统秩序的不公；
刚强，
为人类增添新的文明。

2007年10月28日自戴高乐机场飞斯洛伐克首都布拉迪斯拉发（意为“光荣兄弟”）途中。

握别驻意董津义大使等年轻同事

智慧贴近谦恭，
无知才敢张狂。
静谧中，
和平使者繁忙。

史诗记载动乱，
民谣称颂安详。
世俗功名是幽暗的经典，
栎黄槐绿是经典的阳光……

2007年10月30日罗马远郊草木碧透的山间路上。

欧洲秋雨

从布鲁塞尔淅沥到伦敦，
从布达佩斯飘洒到罗马。
战乱、瘟疫、喧闹……
点点滴滴都是泪花。

苦难是特级教授，
学生梦想自己当家。
法西斯纳粹们安在？
唯斑白橄榄、瘦削梧桐
正迎风挺拔。

2007年10月30日自奥地利飞圣马力诺途中。

环球行小结

情念八方，
义忘自我。

理无边界，
人有祖国。

2007年11月1日于罗马飞北京途中。记此次环球旅行，包括出席华盛顿中美关系研讨会、初访刚14岁的斯洛伐克共和国、世上最老的共和国圣马力诺及将赴南开周恩来政府管理学院讲课。

浓雾的启迪

发现自己无知，
会带来欢畅，
像在幽暗隧道
看到光亮。

觉悟曾经的迷惘
引发悲壮。
挫折是老师中的天才，
能为学童提高智商。

没有一贯“圆满”的生灵，
没有“始终”正确的药方。
敢说真话，
才有资格拥有理想。

2007年11月15日在湖北东湖宾馆骑自行车望长江浓雾，品历史经纬。这里1958、1966等年份的一些事已进入外交史。我二十几、四十几、六十几岁上到过此地。

三峡雨夜再读刘禹锡

常信人心柔如水，
大致无事不生非。
高险夔门贵平易，
神女有灵中庸美。

2007年11月17日奉节夜雨中，忽觉竹枝词创始人刘禹锡（772—842）“长恨人心不如水”、“山不在高，有仙则灵”云云实为梦寐以求的世俗和美；昨在白帝城发现，大坝成、江面升，夔门比从前矮了，江上客与神女峰近了。

女人岛

——韩国导游讲解速记

太平洋中的唯一——
济州女人宝岛。

这里风多，
男人少；
火山宁静，
女人声高。

男人抓“要务”，
喜欢外跑；
女人伺候公婆子女，
甘愿辛劳。

年轻丈夫爱打老婆，
五十岁后怕老婆走掉。
山清水洁为贵，
相依相挂最好。

2007年11月25日自西归浦（古连云港人徐福离济州西返故乡经停地）去岛东日出峰车上，见“海女”潜水捞海鲜。导游说，济州岛有“三多”：好女人、烂石头、大暴风。

济州芒草

俊俏的生灵，
济州岛芒草。

翠绿时辉映海天，
苍白时笑迎焚烧。

新春再度萌发，
又一轮勇毅自豪。

2007年11月26日自济州岛南端中文区去北端机场车上。济州芒草状似芦苇，深秋一片银白壮美，年底前则被割掉作燃料。

致深圳，中国的少先队员

历史惯性升华，
民心浪潮激荡，
美化红领巾少女，
锻造阳刚儿郎。

玫瑰不言昨夜美貌，
松柏不提前世雄壮。
醒来是陌生港湾，
更衣为再度起航。

伙伴相互提携，
对手上下打量。
空间正在变小，
时间价格上扬。

星辰带班，
榕树鼓掌。
欢迎新事先行，
欢送新人登场……

2007年12月1日深圳国际人才高峰论坛开幕后去“三月三茶酒”大溪谷途中。深圳以中国改革开放的先行者著称。

南澳岛初渡

四十年无缘相见，
百余国无尽思念。
南澳——
你有牛田洋的胸襟、
椰子树的翩翩。

你是两岸兄弟的靓妹，
身披澎湖云霞、
装点汕头炊烟。
妈祖保佑起航——
同一个湛蓝的港湾。

2007年12月3日自南澳岛长山尾渡口去汕头大桥渡轮上。1968年在汕头牛田洋农场劳动时就想去南澳，走过39年、100多国后才如愿。

走近二〇〇八年八月八

同一个世界，
分享同一片天空。

站在同一个起点，
怀着同样的憧憬。

平等相待，
点亮同一个好梦……

2007年12月16日纽约—北京途中。

戈兰高地和加利利湖春望

每寸阳光
都历经阴霾，
每株橄榄
都阅尽哀伤，
每刻安宁
都饱受同室操戈重创……

神、鬼、人、兽共同的故乡，
急需为理智祈祷的地方。
让神、鬼像人一样务实，
人像神、鬼一样善良；
让正气尽情延伸，
让野生动物受保护，
又不让野性肆意张扬……

2008年1月21日在耶路撒冷见以色列总统佩雷斯后赴耶稣故乡拿撒勒车上。中东和谈又现希望，但戈兰高地（平均海拔900米）和加利利湖（水面166平方公里）等仍是难题。

约旦佩特拉的奇特

岩石玫瑰蕾般粉红，
群峰蘑菇云般蓬松。
在僵硬中舒缓，
在挤压中轻盈。

峭壁像沙漠骆驼般瘦削，
山霞像约旦毛驴般好动。
宽容在冲突中滋长，
大度在峡谷中形成。

2008年1月25日自约旦安曼赴阿联酋迪拜途中。佩特拉（希腊语“石头城”之意，建于公元前六世纪），2007年被评为新七大奇迹之一，名次紧随中国长城。耶稣曾在约旦河洗浴。

武夷山三听

一、听妙龄游客自艾

人到武夷忙照相，
无奈难比山水靓。

二、听知名画家自怨

山中笔触自迟顿，
生怕有愧彭朱魂。

三、听资深官员感叹

大红袍茶饮后甜，
肥瘦盈缺贵天然。
通体安康通叶脉，
根植悬崖清溪边……

2008年2月29日武夷山—北京厦航班机上。武夷山茶“大红袍”发现于明末，特色是不重外观，重实效。据传彭祖3000年前曾在山中研修长寿和食品安全等领域的学问。朱熹（1130—1200）曾在此教授理学，有民贵国重、居高思危等想法。

伯明顿山庄古橡树

枝叶不修边幅，
躯干又粗又直。
不羡羽毛乖巧，
不学百灵多姿。

让乌鸦在头顶筑巢，
任绿苔皮皱里拥挤。
替灌木遮风挡雪，
为小草呵护春意。

坎坷两千年，
安居旷野里……

2008年3月30日，谒马克思墓和赴剑桥演讲前，自伯明顿至被联合国教科文组织评为世界古迹的巴斯途中。羽毛球源于亚洲，1860年在伯定下规则。公元前43年侵英罗马军队在巴建神殿。英王宫及莎士比亚、彭斯出生的房子都用了橡木。

剑桥大学演讲小记

剑河深沉——
与高耸的教室毗邻。

剑桥新颖——
联结着蓬勃绿茵。

初春的校园多愁善感——
簇拥着太多学问。

2008年4月1日自剑桥去伦敦见驻英大使傅莹路上。从剑桥学生想到室外草坪的温馨。

奥运路有短有长

从雅典神庙
到天安门广场，
从泰姬陵
到以赛马著称的香港……

路要一步步丈量，
像跑马拉松那样。
节日不乏噪音，
树大招风正常。
赤脚不怕穿鞋的，
有鞋更敢谦虚礼让……

世界多样，
梦有短长——
圣路易斯紧随巴黎，
北京又等了一百零四年时光。
让斯坦福与杏坛公平竞争，
祝亚马逊与尼罗河后来居上……

2008年4月26日从1904年第三届现代奥运会举办地圣路易斯（巴黎为第二届举办地）飞旧金山（北京奥运火炬传递遇阻和《联合国宪章》诞生地）途中。美国务卿赖斯说，她的斯坦福大学校友在悉尼奥运会所得奖牌的数量超过多数国家。杏坛（现曲阜师大）孔丘“校长”重视射箭等活动，还想过近期将在青岛比赛的帆船运动“乘桴浮于海”。拉美和非洲尚未办过奥运。

千岛湖风（三首）

淳安女
如竹，
如诗。
含泪遥望汶川，
捐款拥拥挤挤。

岸畔孔雀
不频频外飞，
学千岛幽静务实。
比邻村母鸡下蛋多，
像远山雄鹰黎明即起。

昔今变迁
代价是两座古镇，
富民是温存记忆。
五十年水底无言，
换来山明水丽。

2008年5月16日湖州莫干山至南浔车上。千岛湖生态好，人鸟均喜。半世纪前修新安江水库，古老的贺城、狮城沉入水底。湖畔湖区度假村员工（包括不少淳安姑娘）昨踊跃为四川地震灾民捐款。

半旗为遇难同胞

白发低垂，
国歌雄壮。
众志成城是民族的成熟，
群众高贵是事态的正常。

千百年、六十年
艰辛跋涉，
下里巴人举哀
终于同伟人仙逝相仿……
大悲大爱，
大难兴邦。

当岁月蹉跎出智慧、
苦痛酿造出力量，
更心怀敬畏：
祖国永恒，
人民至上。

2008年5月19日，在沪宁线火车上聆听国务院关于下半旗为汶川地震死难同胞志哀的公告。想到两千多年前孟子说“民为贵”、1949年10月1日毛主席以“人民万岁”回应群众欢呼、小平同志以“我是中国人民的儿子”为座右铭……

黄河入海静悄悄
——初到东营市和胜利油田

呼喊了一万里，
深沉得温柔。
芦苇伴沙柳婷婷，
黄河边微微晗首。

奔腾了一万里，
潇洒得敦厚。
白鸥伴丹鹤低飞，
湿地上织编灵秀。

曲折了一万里，
率直得剔透。
执着睿智地操劳，
在三角洲广种博收……

2008年6月15日自山东人均国内生产总值最高的城市东营，经小清河去济南车上。黄河长约5764公里，在东营胜利油田湿地注入渤海会合。

抚远三角洲——黑瞎子岛

黑龙江源头细小，
乌苏里碧波潺潺。
从未离开我的视野，
永远驻守我的心田。

兴凯湖的琴，
赫哲族的弦，
歌唱珍宝岛美好，
祝福乌苏镇平安。
银龙姐妹回家了，
祖国的晨光向东伸展，
鸡、鸭、大马哈乐了，
有了更多伙伴。

2008年7月12日至15日自佳木斯（意为“驿站”）赫哲（意为“东方人的家”）去抚远三角洲（俗称“黑瞎子岛”，岛呈竖琴状）车船上。乌苏镇不是镇，曾是祖国最东端哨所。黑瞎子岛的大半和银龙岛回归后，这里不再是最东端。“鸡西”“鸡东”“双鸭山”等名字与家禽有关。城镇附近的江河盛产甘为子女牺牲的神奇大马哈鱼。

兴凯谣

东北边疆，
太阳最早升起的地方。
草甸无边，
兴凯湖水欢畅。

冬天冰清，
春日花香。
夏天鸥鹤飞舞，
秋日瓜果金黄。

亲朋往这里集聚，
千川向这里流淌。
兴凯湖——
北大荒的天堂。

2008年7月16日鸡西至牡丹江车上。兴凯湖6500万年前因火山喷发形成，金元时期称北琴海，清代定名兴凯，意为“水往低处流”，是中俄界湖，与我北大荒为邻，多候鸟。

申请最后一次撒娇

用唾沫为我擦脸的爷爷
没有白疼我，
在你闯过的关东
我参与为你要回一块地。

喂我奶水的娘
没有白亲我，
在你送爸打鬼子的北方，
我参与为你要回一块地。

放飞理想的红领巾
没有白陪我，
不忘你是红旗的一角，
我参与为你要回一块地。

爷爷、娘、红领巾，
我申请最后撒一次娇——
允许我骄傲地喊一声：
我受过追回一小片国土的洗礼。

2008年7月16日于兴凯湖边。我有幸多次参加边界问题的艰苦谈判和友好会晤。

从果阿到纳兰达

——祝贺印度独立日

你好，
被洋人占过四百年的果阿！
在祖国怀抱，
在八月十五，
你像邻国的澳门那般容光焕发。

有牛群、经济奖、奥运风华，
有十七国“和尚”
合力复兴纳兰达，
新曙光
全方位普照新南亚……

2008年8月15日（印度独立日）自果阿（意为“牛”，1510—1961年被外国占领）飞新德里途中。释迦牟尼（前565—前486）的经典是7—12世纪纳兰达（原译“那烂陀”，意为“给人智慧”）大学的主要教材。玄奘633年抵纳大留学和任教。2006年，印、中、日等17国开始筹建新纳大。我刚出席纳大顾问团会议并由印经济学教授陪同见了辛格总理。印正欢庆独立日和印选手在北京获首枚奥运金牌。

祝贺家乡青岛奥帆初航

黄海璀璨，
难题有了答案。

首都添鸟巢，
香港添马苑。
十三亿理由
让家乡首航奥帆……

冠军任期短，
成功路漫漫。
谢谢胶州湾雄风
劲吹祖国母舰……

2008年8月22日于青岛奥帆中心八大关。据袁伟民说，《天津青年》1908年首问：中国何时办奥运？据何振梁说，罗格表示，北京申奥有“13亿条理由”，因中国有13亿人。

豆蔻之国格林纳达

小巧玲珑的格林纳达
曾被大国袭击、恐吓。
物产不能说不丰，
欠缺的是自主当家。

新千年头一次来看你，
友善成熟的格林纳达——
大西洋上的香料岛，
与世无争靓靓如画。

万里路寸寸跋涉，
勤耕耘豆蔻年华……

2008年10月15日自纽约飞格林纳达首都圣乔治的牙买加航班上。格有“香料岛”美称，盛产豆蔻，面积344平方公里，1974年独立，一度亲苏，1983年遭美入侵。格与我合作项目涉及园艺、医药、体育、军乐。

加勒比海的呼吸

有时，
杭州西子那般
匀称、纤细，
映印着少女舞姿。
炎阳下哼着小夜曲：
“上帝是爱”，
“天是粮食”……

有时，
像黄河在壶口咆哮，
粗犷、性急，
抗议对非洲的不公，
宣泄亚非拉的希冀。
繁星下频频呐喊：
起来向贫穷冲击，
让黑色永远美丽，
让加勒比平安呼吸……

2008年10月17日自西班牙港飞加拉加斯。国人称苏杭为天堂，格林纳达人则说他们的国家是“许多海滩、一个民族，有点儿像天堂”。壶口位于山西，那里黄河有排山之势。格居民多来自非洲。我在《黑色是美丽的》中用了黑非英雄肯雅塔这激励青少年热爱父母本色的名言。

美丽的误会
——七访巴西

一月河不是河，
是巴西生长的海湾。

面包山无面包，
庄稼长在山下农田。

普通人不普通，
是塑造英雄的先贤。

健康梦不是梦，
是好人一生的前瞻……

2008年10月20日自巴西1960年前的首都里约热内卢飞现首都巴西利亚途中。里约热内卢意为“一月的河”，源于1502年1月葡萄牙航海家到此将海湾误认为河口。里约有一形似法式面包的山，原为军事要塞。这是我第七次来巴，第五次来时我娘谢世。

邦旧命新　大众为本

——非洲路上祝家乡《大众日报》七十周年七首

一、我比马克思幸运

阿尔及利亚，
马克思看过你，
可怜你那时不是国家，
是海对岸某国属地。

今天，
你的烈士碑、起重机
在见证伟人的伟大常识：
地上没有神仙，
天堂没有上帝——
自由靠劳动者自强不息……

2008年11月3日第三次访问阿尔及利亚，自首都阿尔及尔去远郊水库途中。马克思1882年2月至5月来阿养病，次年逝世于英国，享年65岁。一战前，非洲仅有两国：利比里亚、埃塞俄比亚。

二、静夜思

世道有点离奇：
大款占穷光蛋的便宜，
富翁挥霍无限的财富，
支付尚未印刷的货币。

唤醒《资本论》的记忆吧：
一百多年远去，

它褒贬过的资本依然神奇：
能颠覆旧的生产模式，
又赤裸裸厚颜无耻……

11月5日午夜，在赤道线与非洲同事聊金融危机对发展中国家的影响。马恩论印度时说，殖民主义带去了新的生产方式，同时毫无廉耻可言。

三、中阿共夺冠

十年内同遭入侵
建国前确立友谊——
外交史上“冠军”，
百科书上奇迹。

悄悄话
从艳阳高照流到月色绮丽：
互谢在联合国相助，
共享轻歌剧细腻……

11月6日在阿尔及尔参观我承建的高速路后飞加蓬。阿1830年、我1840年遭外敌入侵。阿1962年建国前四年，我即承认其临时政府，中阿建交。昨两国领导人交谈良久，涉及歌剧院共建、联合国改革……

四、鸟瞰马达加斯加

像一轮弯月
悬在浩浩印度洋；
像一叶扁舟
停在茫茫上苍。

浪涛赞许耕牛的辛勤，
挥发香草、水稻的芬芳。

11月11日经肯尼亚、坦桑尼亚上空飞“香草之国”马达加斯加。马农民崇拜耕牛。中国是最早种水稻的国家，目前有水稻专家在马工作。

五、塞舌尔亲情

沧桑变幻谁能预料？
“七姊妹”亲情不老。
黑、黄、白鸥比翼翱翔，
互帮筑巢——
格调别致，
像来自菏泽、临沂、青岛……

11月12日自马达加斯加经科摩罗飞临塞舌尔（有“七姊妹”岛美名）。塞首都街上有白、黄、黑三色海鸥雕塑，象征塞居民源于欧、亚、非三洲。有临沂、聊城等地的志愿者在塞工作。

六、鲜花·毛驴

到非洲屋脊亲近毛驴
是我多年的憧憬——
在喧嚣的纽约是奢侈，
在花哨的巴黎不可行。

“花城”与毛驴为伴，
毛驴为“花城”劳动。
非洲男孩割草喂驴——
我五六岁上的事情；
非洲村姑驭驴耕田——

我农忙假日的营生……

多么想把非洲屋脊当颁奖台，
借主人的鲜花
谢毛驴对全球农友的忠诚！

11月10日第七次到埃塞俄比亚（海拔高，号称“非洲屋脊”)首都亚的斯亚贝巴(意为“花城”)。埃毛驴存栏总数居非洲之首。我上小学和初中时学校只放农忙假，以便学生回家务农。

七、东望故乡

昨日玫瑰总是陈旧，
后天黄花总是玄妙。

万岁的是大众，
重要的是今朝。
真知真情生动，
七十岁风华正茂。

11月16日子夜飞越700年前郑和到过的莫桑比克海峡，想起出访前应琢、小蓓等小老乡提醒《大众日报》七十诞辰将至。

东京湾·唐山湾

东京离唐山没有多远——
一个太平洋的两个海湾：
曲线一样美，
腹地唐山宽。

发育有先后，
成长相借鉴。
期盼着越走越近，
出落得姐妹一般……

2008年12月5日率友联会代表团自东京飞鲁迅求学过的仙台途中。唐山赵勇书记表示将振兴地貌似东京湾、邻唐山油田、以京津为后盾的唐山湾。

札幌印象

丈夫爱面子，
上下班一溜小跑；
女人爱漂亮，
鞠躬多，喝酒少。

企业家节油省水，
公务员慎用空调。
看风水找地热取暖，
建豪宅注重小巧……

2008年12月6日北海道首府札幌车上。日每生产一单位国内生产总值，耗水不到美国的三分之一；汽车每公升油比别国车约多跑20%的路。日规定，气温不到28摄氏度不能开公费空调。

千岁市逸事

管短短的河流叫“千岁”，
称灰黄的土豆为“男爵”。
谁说札幌农民土气？
日夜浴诗、食歌。

为高高的雪墙立标，
为舞蹈的幼鱼奏乐。
谁说石狩渔民守旧？
木屋内放浪蓬勃……

2008年12月7日北海道第二大城市千岁。此间冬雪可深达5米，路肩上空有标志为车指路。号称“日本厨房”的北海道称土豆为“男爵”。千岁河注入日本海石狩湾。

澳门回归九周年

惹人馋的土地大都富饶，
被暗算的孩子无不多娇。
闻一多老师心痛的澳门，
便是历史的注脚。

回归不到九年，
如今是长寿宝岛！
“宇宙人”被你吸引，
心连着手足同胞……

2008年12月9日在北京飞澳门大学接受荣誉博士学位途中，读我航天英雄访澳的消息和抗战期间西南联大历史，记起闻一多感人肺腑的《七子之歌》，“七子”含港澳台。澳去年人均预期寿命在全球各地名列前茅。

莫斯科河稳稳流淌

沙皇彼得成了河中雕像，
伊里奇·列宁长眠岸旁。
庞然苏联封进档案，
长空烟云诠释理想。

唯莫斯科河
没有变样——
稳稳的，
还在流淌。

水边白桦高高直直，
无拘无束伸向太阳；
船上新潮的卓娅、舒拉
心急火燎划向远方……

2009年5月14日自克里姆林宫去麻雀山（原称列宁山）和莫斯科大学车上，记随邦国委员长访俄并与俄青年政治家交流。卓娅、舒拉是在苏联卫国战争中牺牲的英雄姐弟，我56年前读过他们妈妈写的《卓娅和舒拉的故事》。彼得大帝以主张改革著称，其铜像立在莫斯科河一半岛上。

珠海横琴岛

伶仃洋上，
横琴端庄，
绿野含情，
萌动崭新志向。

将军山巅桉树挺立，
彩排神奇乐章：
祖国千年不老，
儿女天天向上……

2009年6月4日珠海飞北京途中，记昨率全国人大外事委团视察横琴岛澳门大学新校区，想起文天祥1279年在附近伶仃洋感叹“……人生自古谁无死，留取丹心照汗青”。横琴岛位于澳门和珠海之间，与将军山一衣带水。

黄河故道正年轻
——德州初游

攀上黄河故道树杈，
结识年轻夏津——
不是嘈嘈杂杂大集，
是清清爽爽林荫。
桑葚在鸟鸣中长甜，
比一九六一年更养肝补肾……

手抚黄河故道青草，
端详熟悉的乡亲。
不眼馋外国石油，
免费的大日头用之不尽。
告别金碗讨饭的无奈，
新能源前景振奋人心……

在黄河故道课桌前，
领略齐鲁大智大仁。
听聋儿朗诵李白、杜甫，
亲切得胜过天籁之音。
我敬畏大禹、刘备的资历，
羡慕黄鸣、袁敬华们的青春……

2009年6月11日华盛顿飞波特兰途中。上周在黄河故道桑林想起我1961年曾爬到北大未名湖畔树上吃桑葚充饥。人大代表黄鸣在德州开发太阳能，敬华在夏津教哑儿说话。禹城与治黄大禹有关，刘备曾任平原县一把手。

又绿阿坝汶川

——凭吊映秀镇小学、中学“五·一二”地震遇难师生

和风又绿小镇，
河滩不再是那片河滩。
师生、士兵的英灵，
支撑欲坠的苍天。

细雨又绿阿坝，
校园不再是去年的校园。
幸存者挥洒豪情，
高扬大爱风帆……

2009年7月1日自阿坝汶川回成都金牛宾馆路上。记与人大外事培训班凭吊映秀镇小学和中学去年“五·一二”地震中遇难的275位师生和家属。

和平昂贵
——马其诺防线初游

主人不好意思讲
七百公里钢筋铁泥无用。
客人不好意思问
五十亿法郎怎么成了
喜剧史上笑不出的笑柄。
还好，
三大元帅的杰作成了旅游风景。

《最后一课》
歌唱比高官爱国的普通师生。
歌词大意：
最严厉的学校不是“戒尺”，
最务实的老师是战争，
做好和平作业的
是笑到最后的学生……

2009年7月31日于阿尔萨斯至巴黎火车上。马其诺防线以1930年法国防部长的名字命名，系据法三位大元帅的理念兴建，历时10年，耗钢铁15万吨、水泥150万立方米，造价约50亿法郎。1940年5月德军绕过该防线直逼巴黎。法统帅部宣布投降后，阿军民坚持抗争多日。法文学校“ecole”源自古希腊文，意为“打学生掌心的戒尺”。法短篇小说《最后一课》颂扬师生的爱国情怀。

浮桥哲学

——温哥华雨林悬桥公园初游

悬挂在
树干间绿色层层。
摇晃在
不平衡中的片刻平衡。

杉树柏树三百年，
终于轻便相通。
人类相形见绌：
三十委实难立，
七十也太年轻。

草木链条飘逸，
世俗浮桥沉重。
不妨向大自然求教——
让心多一点从容……

2009年9月1日随邦国委员长自加拿大飞古巴。记昨首攀温哥华林区悬桥。林中不少古树（最老的三百岁）有新建的浮桥相连。孔子“三十而立”等说法一般难以落实。

二十年六访古巴

时间飞逝，
人间变样。
哈瓦那蔗林
和二十年前一样漂亮。

姜花楚楚，
托科洛洛昂扬。
王棕榈婷婷，
棒球
与中国乒乓相得益彰。

2009年9月3日自古巴飞巴哈马。我首次访古在1989年6月初。姜花，又称蝴蝶花，古国花。托克洛洛，古国鸟，生性自由。王棕榈，古国树。棒球，古国球。古人口约1100万，北京奥运会获金牌2枚，银、铜牌各11枚；人均奖牌比中国多。

草木皆师

——三访巴哈马简报

“清澈”，
透明：
岛七百，
由花草鸟兽掌控；
人偶尔往访，
均受真诚欢迎。

芒果对白鲨微笑，
椰林与群鸥相迎。
阳光与海风共处，
草、木、人、兽互为师生。

毛驴和中国贵州的一样勤劳，
双重标准的骚客瞎说“黔驴技穷”。
手提鳄鱼包的淑女竟称鳄鱼虚伪，
柏拉图的亚特兰蒂斯才有理探讨复兴……

2009年9月5日子夜拿骚，海浪絮絮，时差难倒。巴哈马在当地话意为“清澈浅滩”。巴全国有700个岛，多数无常住居民。据传，9000年前巴海域有强国亚特兰蒂斯，后在地震中消失，古希腊哲学家柏拉图作过描述。

荒凉的辉煌

——又见科罗拉多大峡谷

十年不见，
你还这么年轻——
有十八亿年垫底，
经得起时光折腾！

新千年开始，
你似乎无动于衷——
峭壁粉红色，
像我小孙女傻乎乎的笑容。

历经雷击，
依然宁静——
悬崖与群鹰比高，
像我未来小孙子的心胸。

你的底蕴是荒凉，
发迹的缘分是贫穷。
人类发现你，
是发现和慰藉自己，
与尊崇万物相辅相成。

2009年9月8日自科罗拉多大峡谷—菲尼克斯—华盛顿特区专机上。我1998年圣诞节初访大峡谷，其形成可追溯到18亿年前，长446公里，最深1400米，堪比我雅鲁藏布大峡谷。美国会1919年将它定为国家公园，联合国1979年将它定为世界遗产。

娘·祖国

——纪念国庆60周年

娘啊，
当你离去，
我更铭记心房：
你是唯一
唯一不求回报的善良。

祖国，
当我远行，
我更铭记心房：
你是永恒
战友们和我全天候围绕的磁场。

祖国，
亲娘——
真善美的无限扩展，
儿女们的忠诚守望。

2009年5月15日初稿于莫斯科列宁山，9月20日修改于广西百色至四川广元红军塔路上。

呵护小小地球村

——与北京二中、四中以及崇文、芳草地小学学生对话

绿茵温存：
“你早，
不老的地球母亲!”

细雨洗尘：
“辛苦了，
勤劳的工人农民!”

山月可亲：
“晚安，
天涯海角的友邻!”

不怕乌云重，
人民至上真。
“困难时多微笑，
地球村的孩子们!”

成熟不舍纯洁，
自有宽广胸襟：
让我们悉心呵护
可爱的小小地球村。

2009年9月24日读胡主席在联合国关于应对气候变化的讲话后于东交、西交民巷，10月1日修改于天安门城楼看国庆阅兵时。

“人民万岁”万岁

心含泪轻吟
“人民万岁”，
这亲切乡音，
社会学、政治学的
朴素定论。

2009年10月1日写于在天安门城楼见参加国庆60周年活动的青年学生在广场用鲜花组成“人民万岁”字样时，5日修改于自巴基斯坦拉哈尔飞泰国曼谷班机上。

和而不同

春华晶莹，
秋实凝重。

激流缠绵，
险峰坚定。

人心齐整，
自由飞腾……

2009年10月19日北京—东京国航669航班上，忆在东京大学答中、日学生问。

初次植树富士山

金融危机下的富士山
同1707年没什么两样。
3776米处白雪轻描，
2369米处微微发胖。

头顶不见鸟雀，
脚下游人熙攘。

“徐如林、疾如风”，
不老的俳句新唱。
“不动如山”
如心灵故乡。

2009年10月20日初游日本山梨县、静冈县富士山。“富士”意为“不老”，最高峰3776米，其火山最近一次爆发在1707年。俳句是日一种古典诗体。我在约2369米处栽了3棵小树，自祝生日快乐。山下石碑称，富士山是日人民心灵的故乡。碑后小店有日书法家写的中国孙子语录：“疾如风，徐如林，不动如山……”日首相鸠山、我驻日大使天凯都支持我植树。

巴塞罗那偶遇一女一男

——东西方文化论坛趣闻

前排有位欧罗巴女郎——
小家碧玉，落落大方。
华东师大毕业，
普通话和周口店后人相仿。
常往来西安、罗马，
传递文明清香；
穿梭马德里、淄博，
联结塞万提斯和蒲松龄的文章；
考察成都平原、巴黎电厂，
粮食和能源安全放在心上……

角落有位北美男士——
口若悬河，官三代模样。
多次造访联合国大厦，
未读过《联合国宪章》。
英语不是伦敦音，
有时还用词不当——
读不懂北京，
却说它“占领”西藏……
这人得抓紧救治，
他患有“冷战遗少”内伤。

2009年11月11日参加东西文化论坛会后自巴塞罗那经法兰克福回国途中。塞万提斯与莎士比亚同在4月23日逝世，这一天现为国际读书日。

致丹吉尔并怀念陈毅老首长

挺立非洲边陲，
欧亚大陆隔壁，
雄伟的丹吉尔：
你不是普通一兵——
比我资深，
比我幸运，
曾向我难见到的陈元帅敬礼。

比他晚来四十六年，
我退役时是步兵上士。
好友丹吉尔：
我自豪——
他、你、我使命一致：
应对乱七八糟各色麻烦，
保护六十亿人共同利益。

2009年11月19日深夜于丹吉尔“地中海论坛”（主题为解决危机、预防冲突、促进人文发展）会间。丹，摩洛哥名城，位于直布罗陀海峡西口。陈毅外长1963年到过丹市。我1968至1970年在解放军锻炼时最高职务为炊事班长。

摩洛哥“白宫”卡萨布兰卡

世上多的是“白宫”，
林林总总，
数不清。
将来兴许更多，
据说白色有利于节能……

最小的最有名，
只住一户——
美国总统；
最大的在非洲，
住着三百万百姓。

摩洛哥经济首都，
大西洋文化名城。
品位高，
不只因那虚构的战争爱情；
名声大，
不全靠罗斯福、丘吉尔取胜；
今天美、明天更，
凭普通人辛勤劳动……

2009年11月23日子夜于卡萨布兰卡。卡始建于789年，摩第一大城，意为“白宫”，人口约三百万，美电影“北非谍影”取景于此。1943年罗斯福、丘吉尔在此策划对法西斯的非洲决战。一美籍华人专家说，白色建筑利于节能。

冲绳见闻

昨日琉球，
今天冲绳——
群岛美貌
引发了多少纷争：
忽必烈十三世纪冷箭，
美利坚一九四五热攻。
日本兵进进退退，
至今走不出阴影……

岸线蜿蜒，
地绿水清。
最好吸纳友邻之长，
敬畏历史明镜。
有飞机连接上海好，
盼轮船与福州相通……

2009年12月17日自金华经杭州赴扬州车上，忆12月1月初访冲绳。琉球王国建于1429年。元忽必烈曾强迫琉球进贡。1945年美占冲绳。冲绳议员希我友联会推动冲绳与我福州等港轮渡直通。人人心中有数：钓鱼岛是中国的，与琉球或冲绳无涉。

世界小品变暖

（记与友人聊哥本哈根会议等天下事，供南南合作专家鲁梅在外交界山寨春晚用黑龙江话小声念）

哈佛、耶鲁研究气候变暖，
莫斯科、汉堡忍受严寒。
亚洲大海挤满冰块，
欧洲宾馆暖气欠暖。

不是牛津不牛，
不是剑桥无剑。
它们的立意相当深刻——
像宋丹丹、黄宏高论足球，
赵本山、丫蛋儿戏说人间。

不是老百姓感觉有误，
他们不得不关注眼前：
没有今日生存，
谈何明天发展？
有空调有游艇的
躺着说话舒坦，
没电灯没汽车的
有多少排放好减？

富翁减肥有高尔夫球杆，
瘦仔加餐缺卡少钱。

想当年动物园里姜昆，
得先逃离虎爪虎牙凶险；
且听小崔、朱军调侃：
实话实说，急事急办。
搬弄是非没什么意思，
该干啥干啥，明了简单。
海地、索马里的孩子得抓紧救助，
2080年气温多高且从容推算……

2010年1月29日于日内瓦至达沃斯（意为“山背后”）冰山雪地间火车上。鲁梅，东北人，曾在外交部国际司工作，我参加南方中心会议的政治顾问。

从纽约到半边天
——向人大山东团女老乡祝贺“三八”百周年

冰川清冷
孕育飞雪烂漫。

纽约女工呐喊，
已经回响百年。
大洋这边的平等
已化作千佛多福、德州厚德、济宁平安、
龙口鱼肥、菏泽花香、枣庄枣甜……

历史常规——
后浪超前。
从黄河泥土
到立法机关，
从沂蒙小学
到山大讲坛，
日照、潍坊、烟台巾帼
不愧为半边蓝天……

2010年3月7日自北京东交民巷到十一届人大三次会议山东团驻地职工之家路上。我多次谒访百年前纽约和芝加哥女工为“面包和玫瑰”“同工同酬”而示威游行过的街巷，刚聆听人大女代表审议国务院工作报告。

天上昆仑黄河源

昆仑鹅卵石，
磨洗得又光又圆。
高原冰川水
像慈母泪又苦又甜。

黄河源头悲怆，
儿女心胸伟岸。
寂寞天水为大地奔流，
今朝的清澈把明天浇灌。

2010年4月12日于嘉陵江边西南财经大学，记2009年6月21日在青海昆仑山区寻觅黄河源，见钱其琛题词“天下黄河贵德清”。贵德位于黄河上游。

人民万岁　祖国唯一

——为玉树同胞祈祷

时有风调，
时有雨顺。
当灾难突降更知道，
战友在身边是最大的幸运。

“民为贵”的嫩芽
两千年长成森林：
“最危险的时候”，
官员真是公仆，战士胜过亲人。

“起来，
起来！”
各民族兄弟抱成一团，
五大洲朋友传递温馨……

祁连山直御风，
青海浪高抗震。
无可替代的是祖国，
坚不可摧的是人民！

2010年4月20日初稿于参加援建青海玉树格桑花红军小学后，修改于5月9日率人大外事委与美众院外委会机制交流团飞洛杉矶途中。青海湖，水面约4257平方公里，是我国最大的咸水湖。祁连，古羌语中意为“天之山”。

凯歌迎新人

我们的好乖乖，
趴在娘肚里。
不顾玉树又临风，
拳打脚踢闹独立。

中外亲友齐祝福，
爷爷奶奶欲见急。
待到桃花香北海，
凯歌一曲欢迎你……

2010年4月21日与小梅参加为玉树募捐活动后写于广州至惠州汽车上。修订于5月14日自华盛顿赴纽约火车上。小孙女佳馨预计三天后出世。佳馨的爸妈禾禾晶晶小时候常去北海公园，禾禾的一把玩具手枪躺在湖底已30年。5月26日加注于约翰内斯堡至香港班机上，孙女佳馨已如期于17日生于协和医院，时重6斤9两。

哦哇耶，中马友谊年轻

比清清爽爽亿万年的大湖，
“非洲热情心脏”马拉维
多么年轻！

比亿万年排满行星的太空，
五星红旗下我的祖国
多么年轻！

两年前刚建交，
启动恨晚的中马合作
多么年轻！

晨曦、微澜
多么年轻。
哦哇耶，
淮河与利隆圭相通！
马拉维湖与安徽巢湖共赢……

2010年5月24日自马拉维（有“非洲热情心脏”的美称）飞本届足球世界杯举办地约翰内斯堡途中。“哦哇耶”意为“万岁”。马拉维湖，水面30800平方公里，平均水深273米。前天我代表中国向马方递交我援建的马议会大厦“金钥匙”，马总统、我驻马大使松添和群众高呼：中国万岁，马拉维万岁，中马友谊万岁！

宜春，美丽的家园

宜春并不遥远，
坐落在天地中间。
先贤这里奋起，
文化这里积淀。

宜春并不遥远，
蓬勃在温暖的江山。
秋收起义这里打响，
红色政权这里发端。

宜春并不遥远，
繁华在改革开放眼前。
轩昂与柔雅相映，
汗水与才智为伴。

宜春，可爱的梦乡，
劳动的园田，
让你更美是光荣的使命，
永恒的心愿。

初稿于2010年“五四”青年节于宜春—上高—南昌车上，5月29日修订于自天津经衡水赴太原路上。1930年8月，毛泽东、朱德率红军在宜春战斗过。1968年外交部在宜春上高办干校，我和岳母李华文曾在竹子棚分校劳动。

儿童在战争博物馆玩要
——首尔所见所思纪要

张牙舞爪的破飞机、旧坦克、烂盔甲……
成了光怪陆离的玩具，
供男孩儿、女娃戏耍。

老头儿、老太熙熙攘攘，
不管白发、疏发、无发，
沉着脸和心，头挨头，
祈祷狂躁消停、理智发达，
保佑无辜的孙子孙女在无核武、无导弹的蓝天下长大……

六十年前悲剧恐怖，
现实中笑剧浮华，
要预防薄今厚古，
保证良性进化；
宁愿联合国沉闷、世界杯嘈杂，
不要扣人心弦的潜伏、
淋漓尽致的厮杀！

2010年6月16日晚于金浦机场飞济州岛途中，记中韩民间战略论坛亲见。适才韩方主持人前总理李洪九道歉称，他没法为我送行，因孙女刚出生。我立即祝贺："快回家——没有什么比孙女降生更重要。"心里一动：我孙女佳馨今晚满月！

太近太亲分不清

——喜见南宁东盟学院

学生小虎崽般率真，
教授老神仙般宽宏，
教学相长乐趣多，
哪国哪族分不清。

大家大运命相似，
相体贴，共奋争。
为自由热血澎湃，
梦相连，分不清。

如今育苗一畦田，
明朝饮水一口井。
铃响上课一张桌，
毕业为民同劳动。
十加一大于十一可肯定，
大多少？“微积分”也分不清……

2010年7月1日自南宁赴上海世博会与奥尔布赖特前国务卿共同主持美国馆馆日活动途中。记上午被聘为广西民族大学东盟学院名誉院长。东盟由印尼、马、菲、新、泰、文、越、老、缅、柬组成。“十加一”（东盟加中国）峰会2005年在南宁成功举行。母校北大传统上曾把学生戏称为老虎、老师为神仙、校领导为看家狗。

爱离石

——四十二年后再到山西吕梁离石

爱山西像爱山东家乡，
青春汗水黄土里流淌。
四十年前炸山开地种苞米，
老乡捐助猪肝羊肠。
在混沌和贫穷中相互慰藉，
好传统原本是善良。

今日更爱吕梁，
惊羡离石意气飞扬。
荒丘难找，
葱绿和青岛一样。
辛劳后自费小醉，
不负上苍青睐、无愧民族脊梁……

2010年7月13日自太原经石家庄回京火车上，记昨回离石外交部“六六学校”（后称“五七干校”）旧址。42年前我在此烧砖和造田。当地人不食动物内脏，可低价卖给干校。吕梁曾为晋冀鲁豫根据地组成部分，在古文意为“风骨、脊梁”；据传名字源于一片陨石曾坠落在此。

长白山金达莱
——人大立法调研座谈会外见闻

愿意走近你，
无法到达你——
金达莱，你姣美得贴近长白，
吉祥得轻触天池……

延边图们江
绿波涓涓，
映衬着美人松的婉约。
江边数不清的玲珑楼阁，
见证着土字碑、张鼓峰与邻居的合作。

吉林陨石雨中的“一七七〇”，
只是可有可无的天意；
第一度水电、第一辆车华丽现身，
才是伟大祖国必不可少的伟大欣喜。

2010年7月17日至23日自长白山经长春一汽至我国首座水电站丰满水电站路上。金达莱意为“美丽无限”。长白山天池海拔2194米，为我最高火山口湖。图们意为“万水之源”。美人松为长白山最美树种。土字碑和张鼓峰为我与邻国的界标。1976年3月8日，吉林市郊突降陨石雨，最大一块重1770公斤，为世界之冠。

呼伦贝尔秋爽

苍穹严丝合缝，
云絮蓬松从容，
友谊轨道宽窄有序，
谦和花草相伴宁静。

羊群像白云的影子，
骏马是健美的象征。
海拉尔初秋透着暖意，
满洲里对亲友洋溢深情……

2010年8月10日呼伦贝尔（蒙语中意为“雄水獭”）飞北京海航班机上。呼面积大于英国。海拉尔意为“野韭菜地”，是我国最冷城市。满洲里意为“旺盛泉水”，建有雄伟国门。俄铁路轨宽1.532米，我为1.435米。

戈壁勇士，千年胡杨

——酒泉、嘉峪关纪游

戈壁滩——
没有水的地方
锤炼一代代志士，
滋润三千年胡杨。

两千年前张骞路过，
引进番茄、石榴、葡萄佳酿……
一百六十年前林则徐到此，
有悲歌报国华章。

历史无意中多情——
寂寞为最佳课堂。
半世纪首颗卫星、首艘神舟……
践行嫦娥神思，充实胡杨海量。

2010年建军节前夕自嘉峪关飞兰州途中。戈壁在古契丹语中意为“无水”。公元前139年和前121年张骞两度经今东风航天城出使西域，引进葡萄等物种，在上海世博会获好评的甘肃紫轩酒得益于他的和平外交。林则徐曾在“天下第一雄关”写下爱国名篇。酒泉基地一代代军人和科学家为国奉献青春。大漠胡杨可生千年，死后立千年，倒后千年不腐。

四到“和平岛”

四到“和平岛”，
更钦佩岛民的淳朴信仰：

不倦追寻和谐，
全心崇拜善良，
真切珍惜友谊——

处处时时让自命不凡的挑拨者
露怯、伤心、失望……

2010年11月5日自吴哥古城（始建于9世纪）飞金边途中。柬埔寨，古高棉语中意为“和平岛”。柬方表示，第三者挑拨柬中友好是徒劳的。

不老梦

——生命永远阳光

走过七十年、
一百八十友邦，
难免有点得意，
难免有点惆怅。
再临千岛之国，
更加思绪飞扬。

祖国屹立巍然，
盼和平统一辉煌。
同胞并肩奋进，
和和美美是共同期望，
前景喜人，
世道不公又不得不防……

个人年少、年迈那些事儿
不值得煞费思量。
历史是大命运，
人民是亲爹娘。
不老梦是有缘孝敬百姓，
让有限生命无限阳光。

2010年11月10日自印尼首都雅加达飞泰首都曼谷途中。印尼有17000多岛屿。70岁后和以前出国一样，心里总惦着神州统一和老家那些事。

长河无遮拦

——中泰亲

徜徉在湄公河畔，
心仪故园澜沧。
陆地不搭界，
所幸有两江。

高处胜寒——
厚谊发端在雪域青藏。
万水温暖——
齐聚“神都”，
欢乐得像“新城”熊猫一样……

2010年11月12日曼谷（意为“神都”）飞清迈（意为“新城”）途中。中泰无共同陆地边界。源于青藏高原的澜沧江经湄公河流入南中国海。中国大熊猫日前在清迈产仔，泰民欢腾。

初谒嘉兴南湖

湖水清清，
滋润上海望志路的初衷。
九十年前救国者
搀扶欲倾的华夏，
不畏牺牲。

湖风习习，
轻抚从东海到那曲的万乡千城。
新世纪建国者
持续望志兴业，
为梦想成真奋争。

2011年1月8日自嘉兴丝绸厂去“第二届中国企业家智库峰会”车上。小梅同行。1921年夏，中共一大自上海望志路106号（今兴业路16号）转移到嘉兴南湖船上通过党章、选出中央领导，历时七小时，会议费用8块大洋。嘉兴正建滨海开发区并对口支援西藏那曲，一些浙江籍党员曾在海拔4507米的那曲挂职。

腊梅山

西湖名山多，
寒冬红花少。
有一簇，
芬芳七年半山腰。

腊八瑞雪白，
最喜梅含苞。
淡香溢，
远客拥来闻春潮。

2011年1月10日自杭州萧山飞京CA1707航班上。浙江外办位于西湖畔孤山旁。七年前，忠训主任率90多员工护山植梅，使此地成为红梅率先溢香的“腊梅山”。

借天光微笑

——初访安道尔公国

水绿，
云轻……
安道尔——
辛酸史的幸运儿，
强权战的缓冲。

这两年运气欠佳，
蒙上金融阴影：
远方游客骤减，
邻国加剧竞争……
少了些堵车，
省了些电灯，
人学着借天光微笑，
牛吃草比从前安静……

2011年3月28日由驻安道尔兼驻西班牙邦造大使陪同初次访安后自安首都拉维拉赴巴塞罗那途中。安面积468平方公里，畜牧和旅游为支柱产业。安注重节能，大商场有顾客进门才开灯。

罗马尼亚梦孙女佳馨

佳句梦中远，
馨韵远更亲。
禾苗泪晶莹，
欧亚同迎春。

2011年4月1日（我春季第一天，罗马尼亚开始实行夏时制）自罗首都布加勒斯特（意为“牧羊人之家”）赴喀尔巴阡山景区布拉索夫（26年前曾陪耀邦同志初访）车上。

不动如山唯民心
——再访罗马尼亚

硬，
喀尔巴阡岩石。
美，
树丛中云雀奏鸣。

利可转。
名可变。
不动如山
唯民心的清纯坚定。

2011年4月2日自罗马尼亚喀尔巴阡山区工业城市布拉索夫（原斯大林城）经锡纳亚古城赴波兰首都华沙途中。二十年来，罗国名、旗帜和一些地名变了，唯人民依然勤劳真诚。“不动如山”，孙子语。

波兰兴叹

昨天华约总部，
今朝北约成员。
古老的国度，
现代化的移情别恋。
可持续真爱
只在“华华沙沙”之间。

剩女靠邻国老公争霸，
新郎靠大国女皇称王。
浪漫政治，
全球化荒唐。
可持续的民族骄傲——
居里夫人让故乡美名远扬。

2011年4月3日自波兰飞拉脱维亚波罗的海航班上。据驻波玉玺大使介绍，“华沙”是神话中一对纯洁恋人名字的缩写。波女王雅德维嘉曾靠丈夫立陶宛大公执政，波男王波莱斯瓦夫曾靠俄籍王后掌权。居里夫人（1867—1934）长年在法科研，心至死在波。

胶州湾和刘公岛发言

胶州湾发言，
心急气喘：
长空是我明镜，
绿树是我裙衫，
请依法保护我的蔚蓝。
不是我自作多情，
是子子孙孙
喜欢云卷云舒的透明烂漫……

刘公岛发言，
有些激动，总体坦然：
过去我是明镜，
未来是我的惦念。
请依法教育后代
爱国敬民，奋勇直前。
我不是倚老卖老，故弄虚玄，
是祈愿乡里乡亲
在大千世界活得硬朗，富有尊严……

2011年5月6日出席全国人大立法座谈和初访我爸任过区长的黄海学院后，自胶南娘坟上赴苏山岛车上。今年是青岛建市120周年，李书记和夏市长告正加强胶州湾的环保。甲午海战发生在烟台刘公岛外。苏山岛现由济南部队一英雄连驻守。

儿童节前登华山
——祝亲朋好友历史面前永远年轻

给鸿雁搭起最高云梯，
悉心抚慰寂寞苍穹。
不与邻居比高比美，
只为神州招引彩虹。

为司马迁、罗敷女们供吃供喝，
不计较有名无名。
养好满悬崖蓬勃绿树，
让孙女孙子和小伙伴快乐攀登……

2011年5月23日与中外朋友在渭南爬华山后写于自华阴去商丘路上，5月31日修改于大连棒棰岛全国人大外事委调研班。华山海拔2154.9米，为五岳中最高。史学家司马迁和靓女罗敷出生在华山周边。旅行家徐霞客登华山后承认自己先前所说“黄山归来不看岳”有欠准确。

为我们和地球加油

——看北京环城国际自行车赛

自行车和地球赛跑，
欢呼声倒海排山。
年轻人脚踏双轮，
老地球从容自转。

比赛关爱，
和谐相伴。

坚韧自快乐，
团结永向前。
北京城千年不老，
有志者青春无限。

2011年7月1日记自天安门广场经东交民巷赴通州外交部培训中心车上所见。

老百姓是咱党生命的源泉

——听“七·一”纪念晚会高歌《江山》

不大会忘记地，
不大会忘记天。
容易忘
最崇高、最低调的源泉。

没有普通人，
哪有饭菜、住房、车船……
没有辛劳者，
哪有江山的美丽、清洁、尊严……

咱党牵挂老百姓，
才九十岁像十九——
青春无限：
舒畅接纳地气，
健康支撑苍天……

2011年7月与国际友联会战友同听《江山》后9天写于飞华盛顿CA981航班上，同行原财长仲藜、海军副司令金矛、人大环资委委员孟伟、云南冠军希望小学捐助人冠军等。

我的少年“打油诗史”

六十多年前，我只上过两年私塾的爷爷说，他最爱的唐代诗人叫张打油，其代表作叫《咏雪》：“江山一笼统，井上黑窟窿。黑狗身上白，白狗身上肿。”我上北大西方语文系时，多次去听中国文学史课，从未听到能确认或否定这段逸事的说法，但我也写点“打油诗”供自己傻笑。有年冬天在莫斯科机场见飞机身披厚雪，便半抄袭道：“彩机身上白，白机身上肿……”

昨天，我大约第十二次到莫斯科，忆及早年趣事，积习难改，偷偷在主持中俄立法机构合作委员会第五次会议之余写下十二首“打油史诗”。从四岁写起，是因我一校友研究发现，中国幼儿开始有永恒记忆力的年龄平均四岁。

四岁时的出生地王家村

珠山披蓝纱，
山东有我家。
村西听狗叫，
村北摸河虾。

（记忆中的村前大珠山呈蔚蓝色，顶天立地，南接黄海。）

五岁时姥姥的瓦屋庄

荷塘泥巴最好玩，
偶尔上屋觅雀蛋。
揭瓦遇蝎逃遁急，
窃喜姥姥没看见。

（姥姥守寡，对我最亲，不管我多皮，从未动我一指头。）

六岁下地

爷爷为师驴为友，
老驴拉犁我点豆。
腰痛腰酸不能说，
小孩无腰只有手。

（爷爷会种田，会武功，会针灸，还“一贯”正确。他指示我大小便要到自家地，“肥水不流外人田”。我播种花生久了喊腰痛，他说小孩哪有腰！等干完活又说，可以直起腰了。）

七岁背《三字经》

妈妈奶奶忙做饭，
爸爸在外难得见。
爷爷读过《三字经》，
天天教我“性本善”。

（我是爷爷的第一个孙子，所以他给我起名“初儿”，《三字经》头两行为“人之初，性本善”。）

八岁才上学

三村共建一小学，
冬日上课自带火。
练字就在地上画，
作业就用石笔做。

（我八周岁时，差不多一样穷的王家村、瓦屋村、小井村合建一四年制小学。冬天冷，学生上课自带木炭火炉烤手。纸贵，学生用木棒在沙地上练字，用石笔在石板上写作业。）

九岁红

这年十月最快乐，
一日成立新中国。

做梦也戴红领巾，
高唱“时刻准备着”。

（1949年10月13日中国少年儿童队（现少年先锋队）成立，我成为第一批“红领巾”之一，最难忘沫若作词、思聪作曲的队歌和队训“时刻准备着”。）

十岁涉外

初涉政治满街喊，
抗议美帝侵朝鲜。
割草卖得五分钱，
飞机大炮我捐献。

（1951年我课后割驴草卖给村民互助组，把钱捐给抗美援朝的中国人民志愿军。）

十一岁上高级小学

为上高小去县城，
早晚十里徒步行。
大河发水爷爷扶，
城乡老师都多情。

（那年头家乡把小学五、六年级叫“高级小学”，高小毕业就叫知识青年，我听过当时先进女知青徐建春关于扎根基层的报告。首次见青岛来的老师很激动，后来发现他们和乡下老师一样慈祥。）

十二岁任少儿队副大队长

臂上三道杠，
不怕进考场。
提前交试卷，
院里弹球忙。

（我在县城王戈庄小学当副大队长，大队长为后来参加空军的振城同学。我爱的功课是算术、语文，成绩最佳体育项目是弹玻璃球。）

十三岁志在远方

远上初中胶州湾，
突觉天近海不宽。
玉米窝头吃得香，
榜样卓娅在苏联。

（胶南首所中学最初建在胶州湾畔红石崖。学校伙食比当地老乡的强——玉米窝头管饱，每学期有两顿白面馒头。我初一第一周读了苏联红书《卓娅和舒拉的故事》《钢铁是怎样炼成的》。）

十四岁的平常日子

眷恋篮球场，
崇拜图书馆。
球大玩不够，
小说读不完……

（我是班男篮8号，常败常战，不胜不歇。我偏爱阅览室。班干部多为女生，她们说我参加集体劳动卖力，但不太靠拢班领导，开会发言少，“政治上中游”。）

十五岁天可怜见老少年

酷爱代数想当兵，
喜读鲁迅朱自清。
作文发表大上海，
羡慕信封能远行。

（听说当兵要数学好，我爱代数，曾报考海、空军，未成。我一篇作文发表在上海《少年文艺》，稿酬十元都给了娘。娘留下一半。我用另五元第一次给自己买了双回力球鞋和一件化学纽扣上装，以前是穿娘用布条簇成扣子的褂子。我特爱鲁迅的短篇小说《药》和朱自清的散文《背影》。十五岁半，我摘下红领巾，但内心里红旗的一角永远与我同在。我年满70又多次戴红领巾，今夏是在湖南衡阳、山东安丘、四川乐至的红军小学。同学们说我行的队礼大体达标，我说自己“在祖国面前永远是孩子，在知识面前永远是学生”。他们给我的红领巾，我暂为孙女珍藏。我还想：如果干部都像少先队员一样纯洁，我们的事业肯定战无不胜……）

2011年9月16日自莫斯科飞明斯克途中。

和为贵，人为本

——再访独联体有感

见多了对主人摆谱的“公仆”，
更喜爱敬畏主人的狗、牛、毛驴，
更视名利为“克隆”粪土。

见多了寺庙里的顶礼膜拜，
终于明白
形象“虔诚”是为了推迟前往天堂。

见过五大洲那么多伟人雕像，
更懂得为国捐躯的士兵辉煌，
更明白和平宝贵、人民至上……

2011年9月19日作为全国人大与白俄罗斯议会友好小组组长访白，第三次参观明斯克圣灵教堂和卫国烈士长明火。在绿色经济吃香的现代，正常粪土理应吃香。二战中，明市沦陷1100天，40多万人被德军杀害。我老家胶南有262人在抗美援朝中牺牲。

万千小白桦
——白俄罗斯是绿色的

池塘成万，
不声不响。
白桦纯洁，
茁壮安详。

树干百尺，
葱绿坚强。
白发的老头老太
谦和、善良……

2011年9月19日自明斯克国家图书馆去总统府车上。白俄罗斯中的“白”意为“纯洁”。该国多次遭外来入侵。首都曾因英勇善战两获列宁勋章。全国面积20.76万平方公里，河流2万条，湖泊1.1万个，人称“万湖国”。

连续访问白俄罗斯、乌兹别克

两千五百岁的孔丘杏坛，
上周在“交易地”开设分院，
齐鲁工业园前年在“石头城”兴建。

丝绸之路坎坷，
多亏前赴后继诸多张骞。
帖木儿们业余建超市，
新伙伴将“纯金”互利互换……

“路漫漫其修远兮”——
人类的前天、昨天、明天。
可以走得快一点儿，
更得平和、稳健……

2011年9月21日子夜于乌兹别克首都塔什干（意为“石头城”）独立与人道纪念碑旁洲际饭店。上周，白俄首都明斯克（意为“交易地”）孔子学院揭牌。帖木儿（1336—1405），乌军事家，征战之余建商城撒马尔罕（意为“集市”）。中亚盛产黄金、“白金”棉花、“黑金”石油、“蓝金”天然气。

中哈同开玫瑰花

——三到阿斯塔纳

五年不见，
快不认识了，
年轻的阿斯塔纳！
大道宽敞，
高楼潇洒……

五年不见，
更亲切了。
热情的阿斯塔纳！
两国共弹冬不拉。
同开玫瑰花。

2011年9月27日于哈萨克斯坦首都阿斯塔纳（意为“西部堡垒”），听纳扎尔巴耶夫总统与邦国委员长谈合作。中哈百姓都喜欢玫瑰和乐器冬不拉。

大嶝岛上望台湾

峡不宽，又无比遥远。
水不深，却不敢说多浅。
民族伤痛的分量
谁能计算？！

世上只有一个中国，
事实多么直白，道理多么简单！
多少年了，
却需要天才政治家戴高乐、尼克松们去“艰难”发现。

台湾是中国的，
小学生的常识，炎黄子孙的底线。
多少代了，
两岸人从五万万、六万万，繁衍到十亿、十三亿，
还在把和平统一期盼。

浪在翻腾，鹰在呼唤：
无耻政客别再无事找事，
域外小人别再挑拨离间。
让正义之声嘹亮，
让公道戒掉慵懒！
让悲壮超越时空，
兄弟姐妹的共同良知与时俱坚。

2011年10月22日于厦门大嶝岛，那里离台辖最近岛屿2.3公里；10月31日夜追忆于飞堪培拉途中海峡上空。

马克思、恩格斯故居前冥想

时间隧道多曲折，
名利广场多笑料：
卑微被肆意放大，大写的人沦为傻帽——
不如笨却能成为美食的猪、拙却能产生美感的熊猫……

官大官小，没完没了。
官本位——数千年的精神邪药，
多少“智者”为之丢人现眼、
多少“志士”为之垂死狂跑……
其实，大众命运才值得为之积虑、
人类自由才值得为之辛劳。

钱多钱少，没完没了。
数千年不劳而获的白日梦
“进化”成实用的金融传销——不如东非大裂谷钻木取火的发明、
北京周口店打磨石器的创造……

复兴靠真理领引，莫忘先觉的忠告！
经典力量不在外表装修，哲学权威不在排比口号。
“一个行动胜过一打纲领”，
有所作为境界最高。
劳动光荣，锲而不舍，把不公的世界改造……

2012年龙年春正月自特里尔马克思（1818—1883）故居去乌珀塔尔恩格斯（1820—1895）故居途中。驻法兰克福振顺总领事同行。马恩说，一个行动胜过一打纲领，有所作为是生活最高境界。

我的上帝是人民、祖国、家乡

人民是我的上帝，
人民万岁是我的信仰。
笃信百姓至上，
潇潇洒洒比神仙还强。
忙着为己追名逐利，
满目愁云、慌里慌张。

祖国是我的上帝，
祖国唯一是我的信仰。
同胞亲、友邻悦
是建国、卫国最强的力量。
孝顺爷爷奶奶、爸和妈
是呵护祖国最柔软的地方。

家乡是我的上帝，
家乡可爱是我的信仰。
自命不凡
是无根木、无基房。
饮水思源不忘本，
能童心常驻、天天向上……

2012年3月7日在全国人大山东团审议政府工作报告时听习副主席发言，忆四日记者会上引用的希伯来古谚“人类一思考，上帝就发笑”。初稿于大会堂东大厅至民族宫路上。

朝鲜山区行

路无三里直，
地无三里平——
像百年、六十年的坎坷，
如大千世界的不公。

眼前，自行车上的青年影映渠水，
无言的黄牛伴老农春耕。
当年，我大叔大爷在半岛流血，
我课余割驴草，
挣钱支援反侵略英雄。
此刻，我曾经的部下
仍在联合国为和平、正义奋争。

一代代劳而不倦，
斗而从容。
沉重往事化为浅笑，
真诚友谊促老人年轻……

2012年5月9日去开城中国人民志愿军烈士陵园途中。100多年前，日侵朝；60多年前，援朝烈士中有我一大叔。途中停车清除路上石块时，我下稻田看墒情，下水沟捡丸石，仿佛重回当年。现驻联合国大使保东、王民是我的年轻老同事。

伟大者（如彭德怀、毛岸英）死后更见伟大

横刀立马的红军老将
因说真话蒙冤前
威风凛凛在朝鲜沙场……
开国元勋的长子，
奉父命在偏远农村磨炼，
为和平长眠异国他乡……

可敬可亲您俩，
死后更见伟大——
永生在人民心上。
自己无法预设名次：
古今中外碑无数，
百姓口碑第一！

2012年5月10日去“三八线”（长248公里，有1291界标）《朝鲜战争停战协定》签署地路上，记与友联会晓华副会长等含泪向彭司令题字的志愿军纪念碑行军礼、向岸英（1950年11月25日牺牲）等烈士鞠躬。志司桧仓旧址挂着德怀、学智、解方等首长的照片。

再见，平壤

车离大同江，
心潮随浪涨。
刚握别，
又把重逢向往。
先辈叮咛千钧，
携手就是力量。

车近鸭绿江，
心潮随浪涨。
离乡六天，
想家正常。
屈指“六·一”将到，
愿孙女和全球小朋友
享受和平、快乐成长！

5月14日回国火车上。此次创下访一国超五天的纪录，此前我出访一国最短3小时，开会发言最短19秒。前天在朝中友谊农场幼儿园，比我孙女（三天后满两岁）大不了多少的孩子唱《南泥湾》，我和小梅极感动。

永恒挂念
——遥祝母校胶南一中六十华诞

祖国是我的根，
祖国唯一牢记心上。
多老，
也不愿去高高的天堂，
只愿在黄土地劳动、歌唱……

人民是我的源，
人民万岁是朴素的信仰。
多小，
也要勤学、苦练，
报答爹娘和百姓的生养。

母校是成长的摇篮、
永远读不完的文章。
大珠山的红领巾纯净，
胶州湾的少年激扬……
历经四洋五洲，
更感念可敬、可畏、可亲的师长……

遵山东胶南一中（1952年建校，始称胶南中学）管校长嘱，写于2012年4月23日（国际读书节）诸葛亮17岁至27岁躬耕修学的襄阳；5月11日修订于平壤至“三八线”路上。

爱国求知
——与深圳外国语学校学友共勉

祖国是我们的根，
祖国唯一永生不忘。
虚幻的天堂最不能去，
脚踏实地才能天天向上。

人民是我们的源，
人民万岁是纯朴的信仰。
勤奋博学是成长的秘诀，
尊师爱友是美丽的歌唱。

母校是我们的摇篮，
是联结无涯学海的地方，
是人世间最温馨的港湾，
报效百姓的千舟万舸从这里起航。

2012年4月28日初稿于广州至深圳火车上，2014年5月28日修订于自光州飞济州岛韩航班机上。

妈，儿子澳门正茁壮成长

数百年前儿子被抢，
身体受压抑，魂灵遭创伤，
欲哭无泪，
有话难讲……

一九二五年，心声化为闻一多诗行：
“我要回家，母亲”，回生我养我的地方。
一九九九美梦成真，
我越长越强，
回归前连续四载瘦弱，在妈妈怀抱则不缺营养。

外出有首都撑腰，
回家有姐哥帮忙，
厨房有广西江水，
房顶连广东电网……
第十三个新的生日将到，
我为自己悄悄乐，为母亲纵情唱……

2012年5月17日于晤澳门崔特首后赴飞凼仔岛车上。修订于27日自日本熊本至福冈路上。闻一多《七子之歌》中七子指澳、港、台、九龙、广州湾、威海卫、旅大。回归时澳约24平方公里，后经中央同意填海建机场、人大常委会批准澳大在珠海横琴岛1.0926平方公里上建新校园，澳已超30平方公里。回归前澳经济四年下滑，去年人均国内生产总值约6.6万美元，超过美、日；澳人均预期寿命84.43岁，居世界前列。

再到联合国

几年不见，
形象依然巍峨。
业绩怎样，
却委实难说。
不能说没进步，
是与使命比，
做事不够实，套话偏多。

一九四七就有中东决议，
类似文件可堵塞约旦神河。
而戈兰还是贫瘠高地，
巴以和解不见着落。
不缺轰炸机、火箭，
缺的是和谐邻居、宁静生活。

一九五〇的朝鲜战火，
你的责任无法逃脱。
葬送了多少年轻生命，
撕毁了多少美丽传说。

激昂空话充斥八方，
有用的六方会谈一拖再拖。
听说这里住的是聪明人，
不应花纳税人那么多钱，
为纳税人干那么少活儿。

人权、粮食、环保……
文件摞起来比洛矶山高。
富豪照样穿金戴银，
穷人照样稀饭难饱。
撒哈拉沙漠年年扩张，
原油、稀土……月月减少。

可敬可怜的联合国，
老百姓发牢骚全为你好。
眼看快满六十七岁，
快拿镜子照照。
要多讲点民主，
多为衣食父母尽孝……

2012年6月4日于北京至纽约航班上，修改于6月7日自华盛顿赴哈佛大学途中。1945年10月24日《联合国宪章》生效，联合国成立。代表中国在宪章上签字的有革命老前辈董必武。

真朋友，雨天伞

真朋友是下雨天
可随时打开的伞；
假朋友在你饥饿时
端走你难得的粗粥淡饭……

真朋友是路滑时
伸手可扶的小树；
假朋友在你过河时
取消正常轮渡……

曾记否？新中国想去联合国说话，
穷朋友给搭建跳板；
新中国人权会上遇阴霾
铁哥们儿日内瓦撑起蓝天……

心中有数：盛赞我“崛起”的
可能在挑拨离间。
发展中国家靠汗水度日，
靠同桌学友、同舟海员。

2012年7月7日，卢沟桥事变75周年，于马克思办《莱茵报》的莱茵河边，忆5日在坦桑前总统姆卡帕主持的南方中心会上重温中非友情，共议新的挑战。

天旧人新

——西北大漠仲夏亮

这里的太阳比别处热，
这里的星星比别处亮。
今朝的人心比先辈开阔，
连接着宇宙和大地的共同梦想。

王维曾感叹“大漠孤烟直”，
霍去病在怪树林打仗。
旧日林则徐们为报国蒙冤，
当代钱学森们为民造福辉煌。

昨夜七仙女下凡难遂，
明朝小二黑登月寻常，
士兵兼任戈壁滩水利专家，
高干栽树描绘阿拉善绿色风光……

2012年7月18日初稿于自甘肃酒泉去内蒙古阿拉善路上，2017年4月29日修订于自安徽亳州去河南商丘车上。

记年轻校友为祖国说话

——感激“海监”船上的校友

羡慕你们——
年轻轻幸运地为祖国说话：
中国人爱国顾家，
也“顺风相送”友邻
向幸福进发……

为你们骄傲——
年轻轻勇敢地为正义说话，
吁请平等和睦、
互利依法……

感谢你们——
年轻轻乘风破浪为公理说话，
规劝远方“第三者”切忌偏爱称霸——
拨弄是非讨人嫌，
多行不善会自炸……

2012年9月10日教师节，乘海监船在南海调研，巧遇两年轻校友在风浪中用外语规劝窃我资源者住手、警告干涉我内政者别搬石头自砸，令我和中国译协的同事钦佩。1403年问世的《顺风相送》记述我国最早发现、命名和管辖钓鱼岛等岛礁。

三沙在呼吸
——初访永兴岛、琛航岛善感

这么多水!
这么高的天!
古老三沙在深沉呼吸——
汲纳千年悲壮,
呼出晶莹蔚蓝。

多么轻盈的鲣鸟!
多么银白的礁滩!
青春三沙顺畅呼吸——
汲纳十三亿主人情怀,
飞扬赤子肝胆。

老渔民朴朴实实,
兵与官智勇双全。
快乐三沙稳健呼吸——
吮汲普天下真善美,
呼唤五洲同辉的人间……

2012年9月11日夜自三沙赴三亚海监83号船(日前刚去黄岩岛宣示主权)上。三沙(西、南、中沙)7月24日建市挂牌,海南保铭书记在场。永兴,三沙市人大常委和市府所在岛,土地面积2.13平方公里,因1946年中国派永兴号收复而得名。鲣鸟,三沙名鸥,性坚韧,擅长飞。琛航,属三沙市,面积0.43平方公里(接近梵蒂冈的面积),因清末到此的琛航舰得名。

“上帝后花园”格鲁吉亚

六十年前对这“花园”多情——
崇敬上帝身边的无产者革命。
惊悉“铁人”谢世，
我领巾低垂、泪水奔涌。

六十年后首访，
黯然凝视苍穹。
白桦高挑，
铁人只剩铜雕模型。

个人迷信连续剧
主人公难以善终。
1903的“温暖之都”
有一眼伟大深井。
小铁匠井底猛印《共产党宣言》，
惊醒一个民族，
炼出一代枭雄。

七次逃脱沙皇监禁，
奋勇击垮纳粹强兵。
他屡战屡胜，
仅输最后一役——
输在脱离百姓。

好在葡萄还是葡萄，
花园有细雨细风，

青年不乏求索激情：
有的到伦敦、芝加哥炒股，
有的留学乌鲁木齐、北京……

行万里路不缺灵感，
有艰险便有觉醒。
会“听芭蕾”、“看交响”的民族
定能用大脑和双手
在古丝绸路上描绘新景。

2012年9月18日于格鲁吉亚。格处古丝绸路中段，盛产葡萄，首都第比利斯意为“温暖”，有1903年斯大林参与创建的地下印刷所。斯意为“铁人”，父铁匠，母裁缝。他1953年逝世后，我们王戈庄小学沉痛追悼。据说格内行观众是“听”芭蕾舞，“看”交响乐。

火之国火

——再访文明古国阿塞拜疆

五千六百年前播下
“火之国”绵绵火种，
丝绸路上风城巴库
欣欣然顺风相送。

如花似玉的女儿火，
抗议包办婚姻跳进浪中；
坚如岩石的儿子火，
抗击外侵战死山顶。

硕大的里海火，
点点滴滴都是生命；
水边的民族自尊自信火，
静静化为热情劳动……

2012年9月21日于阿塞拜疆（意为“火”）首都巴库（意为“风城”）。阿国旗广场高162米的旗杆上飘着世上最大国旗，长70米、宽35米、重200公斤。阿为全球最大内陆湖里海沿湖国之一。里海37.6万平方公里，产石油。据传古一少女坚拒包办婚姻，从湖边塔顶跳入里海。湖畔山顶有烈士陵园。

帝国史像春晚小品

——三到古老年轻的土耳其

帝国史缤纷杂陈，
像中国春晚小品。

博斯普鲁斯两岸：
曾有挽长弓、射导弹的大腕儿，
现有航母过剩的超强仅存，
西有一八七六年“日不落”超女，
东有“购”邻国宝岛的法西斯阴魂……

皇帝们精心潜伏、崛起、
动兵、夺地、抢美人，
不差钱的穷奢极欲，
不差权的病狂丧心。
一步步，大厦堕为废墟，
金碧沦为灰尘。
主角扮演者模糊不清——
常被影帝、影后瓜分……

好在结尾处，
正义快乐挣扎，
百姓是不下场的主人。

眼前新：
亚洲清真寺旁立着脚手架，
欧洲教堂边停着多国油轮，

夕阳下飘着缕缕炊烟，
人们说阿拉伯、土耳其语，
时有老子、孔子、孟子乡音……

2012年9月23日于伊斯坦布尔（古称拜占庭、君士坦丁堡）。土耳其地跨亚、欧，古罗马、奥斯曼帝国曾扩张到此，20世纪初沦为英、法、德殖民地，1923年独立。1876年英女王成为印度元首，英始称“日不落”帝国。博斯普鲁斯海峡长约30公里，是欧亚界线的一段，黑海唯一出口。“博斯普鲁斯”意为“母牛通道”，源自希腊神话。

冀州衡水湖

阳光下衡水湖生动，
月色中“九星波”活泼。
上世纪烂泥枯莲苍凉，
新千年兰花伴鸥群闪烁。

联合国保护地球，雄辩，
河北人耕耘家园，流汗。
岳父母当年埋地雷炸过鬼子，
亚非拉健儿八十多里狂欢……

2012年国庆节喜见昔日冀州洼变成75平方公里的衡水湖，又称“九星波”——岸畔有以冀为首的九州石柱与星空相拥。湖区开发借鉴联合国环境规划署（总部在内罗毕）生态保护理念。上月曾举办环湖国际马拉松赛，赛程42公里195米。念及1938年小梅爸秦力真任冀县书记、妈李华文任村妇女主任，与乡亲们一起保卫这片土地。

重游黄龙九寨沟

不在意云海中趾高气扬的
黄龙山岗。
云海不是海，
没有鱼虾、荷塘，
没有承载方舟的波浪。

情系龙尾的九寨水
顺天意、接地气，
为大众输氧，
是生命温馨的家乡。

龙头下、沟壑旁，
羌、藏、汉居民那么善良，
“乃米”“乃米”地辛勤，
珍爱九道拐、五彩池、“马尔康”……

2012年10月20日成都—泸州车上，记人大外事委在川调研。我曾为九寨黄龙机场奠基。九寨沟有9个拐弯。海拔5588米的岷山有云海笼罩。“乃米”，羌语，意为“高兴、宁静”。阿坝州首府“马尔康”，藏语，意为“火苗旺”。

古城并肩

——难忘开封、商丘行

商丘、开封并肩，
不比谁更古老，
比祖国面前谁更年少。

路走得越远，
越有包袱沉重的烦恼；
贴近孩子的童心，
多有幸福微笑。

应承继好传统——
孟子说的“民为贵”、
老子讲的走正道、
焦裕禄践行的“十不准”、
孔繁森高原拼搏的情操……

要创新好事，让家乡青春永葆——
河大师生推广中华文化、
商丘少年绿化母校……

2012年11月初在商丘工学院、开封河南大学讲课后，于合肥至济南火车上。河大公共外语教学水平居全国高校前列。商丘工学院绿化先进。焦裕禄在兰考（位于开封、商丘之间）初任县委书记便定下不准公款吃喝等“十不准”纪律。

三亚美

三亚美——
天是中国天，云襟镶金扉，
湛蓝衬纯白。

三亚美——
海是中国海，日月不分开。
波柔浪雄伟。

三亚美——
山是中国山，凤鹿相依偎。
悬崖朵朵梅……

2013年1月1日于南海滨，自三亚凤凰机场去鹿回头林区路上。

大度

——福建泉州遐想

泉州大度，晋江绵长。
包容八方情缘，
为大中华集纳营养。

孔丘不是泉州人，
泉州博物馆亲切供养，
记台湾创建孔庙，尊两岸心灵故乡。

李耳不是泉州人，
清源山有他庄重雕像。
“老子天下第一”是古典幽默，以邻为伴是“大耳”主张。

陆羽不是泉州人，
却荣升最牛茶商，
率全球茶艺科研，让贫困县进全国百强……

泉州大度，樟林芬芳。
与时俱进为百姓，让明天比今天更加漂亮……

2013年1月19日腊八节于海上丝绸路东端泉州。此间台闽情缘博物馆中孔子位重。李耳（因耳大得名）在泉州的石像为全国最大，像前“老子天下第一”的书法调侃他低调处世。唐陆羽《茶经》中的理念在清源山得到落实。

您好，朝气蓬勃的马老

——五谒伦敦马克思墓

四十八年前来看过你，
我现在不再年轻。
可我和战友们更尊崇你了，
我们在致富路上更团结、平等。

光荣的先导，
你离休已一百三十个秋冬。
可你与我们并不遥远，
你的课越来越好懂，
预言的金融危机就在身边，
发现的哲理由苏联兴亡证明。

可敬可师的老马，
你越来越蓬勃年轻。
我心底有梦：八九十岁再见你时，
世界当稍微民主一点，
我的祖国更富强文明……

2013年2月1日自中国驻英使馆去莎士比亚故乡路上，记昨第五次拜谒马克思墓，重温“全世界劳动者团结起来”和“关键在于改变世界”等教导。

知识就像盘中餐

——第十四次到日内瓦

莱蒙湖畔首次游，
又贪工作又贪玩。
山东小伙儿二十四，
腹含宇宙心比天……

谁说七十不逾矩，
学童变成阿尔卑斯山。
无知的领域在扩大，
手中的活干不完……

人生短。
快抓紧耕耘、浇水、除害虫……
千万别荒了祖宗田！

2013年2月2日于日内瓦南方中心（发展中国家“智库”）会后返京途中。会间曾就经济、法律等问题求教中心主席姆卡巴、主任马丁、北大校友振民大使，深感不抓紧学会有辱使命。国人爱将白发比秋霜，欧人常喻白发为阿尔卑斯雪峰。

这世界这历史和我

——“七〇后”随心感叹摘要

广袤世界兼悠悠岁月
和俺的缘分深得离奇——
超越最放浪的想象，
又有点儿内在逻辑。

挣扎着出生在又穷又小的山村，
家门口猖獗着洋鬼子铁蹄。
六岁、七岁与毛驴、大树和小鱼为伴，
八岁初见书本、石笔——
多亏《义勇军进行曲》和五星红旗，
半世纪后成为外交官，
在白宫、奈良、那烂陀……
当年的乡巴孩儿享受崇高礼仪。

难忘初级中学一年级，
第一次见汽车、读报纸、用钢笔，
当即萌生当司机的理想、当记者记真事的良知。
未曾料：亚、非、拉国家越来越多，
我和同学们的使命越来越急。
大学里才常见别人骑脚踏车的我，
把汽车开到黑海边、印度洋畔、安第斯山脊……
怀揣《中华人民共和国宪法》《联合国宪章》，
还有成打的铅笔、铅笔。

祖国是俺亲娘，

历史是俺老师。
逝去和活着的战友呀，
为祖国交朋友是咱的荣光，
为天下谋和平是咱的天职。
咱骄傲——祖国进步日新月异，
人间秩序好于往昔。
咱悲壮——数不出走过赤道多少圈，
只惦念尚未爬过圣山阿里！
数不尽一百九十国同行的恳谈，
只耿耿于怀：联合国宪章精神得继续落实。

世上还有许多老人吃不饱，
许多孩子在寒风里哭泣……
民主、自由的彼岸还相当远，
知识海边的我还相当无知。
不敢信“七十从心所欲”，
更怕提“圆满”成功、“万事如意”……
瞻前顾后，唯持续追求较为现实——
尚能呼吸，就得快乐学、快乐干，为民为己……

2013年2月14日于国歌曲作者聂耳（1912年2月14日至1935年7月17日）故乡云南抚仙湖边斜阳劲风下沙滩上。石笔，解放初我们在乡下小学用不起钢笔，便用能在石板上画出印记的“石笔”写字。那烂陀，古代佛教最高学府，位于印度比哈尔邦中部，曾有多达900万卷藏书。孔子《论语·为政》：“……七十而从心所欲不逾矩。”

爷爷记孙女佳馨两岁半来电

一、给奶奶的电话

奶奶，
我想你了。
我吃得饱饱的，你呢？
对了，还有爷爷呢？

二、给爷爷的电话

爷爷，
我想死你了。
我在坐火车——
姥爷在地板上爬，
我骑在他背上耍。

三、给爷爷和奶奶的电话

弟弟佳骏一个月，
太小。
看他的人多，
太吵。
别再给他苹果了——
奶奶给我的，我给他。

2013年3月17日记于东交民巷30号。

腊梅缘

扎根衡水滨，
腊月嫩蕾俏。
花小期悠长，
香清意低调。
维和、扶贫半世纪，
环球百圈仍年少……

2013年4月14日于土耳其安塔利亚（意为“姥姥家”）地中海船上。29日（与小梅成家46周年）修订于冀州至德州路上。小梅从事以维护和平为使命的多边外交已49年；曾任公益性的明星艺术团团长，现任夏津聋儿学校、通州关爱中心名誉校长。

“不逾矩”自问
——赠年轻校友李大使、宫大使、张总领

马、驴、骡奋蹄三十里，
草料一筐水千滴。
走走、停停，一百八十三国，
爹娘、亲友、师长喂我多少窝头、馍馍、人生常识？

护照用过两百本，
见过四五百总统总理，
幸福服务十三亿，
快乐交友星空齐。
苦学语言五六种，苦读历史、政法、地理……
为何泰山心底最重、“山普”上口最熟悉？

祖国面前年纪小，
人民面前辈分低，
老师面前总无知……
处世真谛何处寻？一心为民心自知……

2013年4月15日率友联会团参加欧亚经济峰会后，自驻伊斯坦布尔总领馆——我唯一领区跨两大洲的总领馆赴莫斯科途中。驻俄大使李辉（黑龙江人）、驻土大使宫小生（山东人）、驻伊总领事张清洋（福建人）均为我北外校友。我18岁前未吃过苹果和大米。有记者戏称山东一些人大代表说的普通话为“山普”。

巴黎对中国情有独钟

——十访法国浮想

巴黎一千多年前
人口不及三分之一个开封，
后来越长越大，对中国情有独钟。

巴黎140多年前的公社梦托给湘潭毛泽东，
巴黎街头的《国际歌》让淮安周恩来自法赴德，
介绍仪陇朱德参加革命。

炎黄子孙1949年站起来，
西方大腕儿不看、拒听。
巴黎戴高乐不顾1964春寒，率先承认北京，
比最聪明的美国元首早了14个秋冬。

改革开放开启中国新航程，
总设计师广安小平16岁在巴黎打工，
在这儿受磨难的还有乐至元帅外长陈毅老总……

巴黎真的很可爱，
那么多中国人来看你，与你分享光荣。

2013年5月16日自北京飞巴黎途中，记昨中国公共外交协会（成立于2012年12月31日）讨论习总书记提出的“中国梦”。据查，宋朝时开封人口约70万、巴黎人口约20万、伦敦约5万……巴黎公社诞生在1871年。中法1964年1月27日建交，中美1979年1月1日建交。

吉隆坡云顶初游

攀援挺拔云顶，
最悦目：
群峰一色葱绿，
苍穹无垠透明。

步下高高云顶，
最赏心：
树梢霞光轻柔，
河畔朋友真诚……

2013年6月3日率友联会团与马来西亚上院议长扎哈尔交谈后游马首都吉隆坡最高峰云顶。古马语中扎哈尔意为“闪光”，吉隆坡意为“河口洼地”；云顶海拔约1800米。

赶大集，和为贵
——近看马六甲

再来看望马六甲——
古老的“集市”空前繁华。
岸树丛中多种语言交流，
波涛舞动着云影淡雅。

老百姓怀念郑和亲善，
看不起仗势欺人者心虚意假。
赶集也要以史为鉴、讲道义——
点头摇头礼节在，
讨价还价不打架……

2013年6月4日于吉隆坡。“香格里拉”（藏语“世外桃源”）对话会上个别高官发言有“傲慢与偏见”（英小说家奥斯汀一书名）再崛起之嫌。马六甲（梵文“集市”）海峡长1058公里，自1405年郑和5次为和平贸易通过，自1511年葡、荷、英殖民者到此。1941年12月7日日军空袭此峡和远方的珍珠港。

南中国海的云

南海上空的云絮，
怎么这般明亮？
——云下水土大方，
五洲商船自由行，快捷欢畅，
邻居相处传统好：
有难多相助，有事多商量……

为什么云间常有雷响？
唉，善良人得稍加提防。
古今都不缺第三者：
不远万里，居高临下——
一派救世主模样，
用软实力挑拨，
为私利暗夺明抢……

2013年6月5日自马来半岛飞广州白云机场马航班机上。前天在新加坡对记者引用过王毅外长一句话的大意：中国走和平发展路，望各方都别在中国门口惹事儿。

好人有好多老乡

——在阜阳与李平、明莹、李涛、管放等聊天

坏人各有各的坏法，
古今中外大体相仿。
好人有一大共同点：
爱祖国、敬人民、“有好多老乡”。
谁都想与好人攀攀老乡。

昨天初到安徽阜阳，
主人迫不及待相告：老子、庄子、管子是他老乡。
我说，不大对吧？
河南人多次声明，这些老头均在河南成长。
主人淡定推挡：
老、庄在开封、商丘……只是挂职，
管子倒在山东搞过改革，当过宰相。

从阜阳经八里河到颍上，
车在绿色甬道中徜徉。
司机说：这里好啊——
焦裕禄、孔繁森、雷锋像俺老乡：
县市领导不再公款喝酒，常和农民一起栽树、插秧，
助学农民工刘丽当上人大代表，
为奥运修鸟巢、
工作不马虎的马虎是优秀工长……
看来，好人出生地并不重要，
重要的是真为群众奔忙。

我记起德国特里尔——马克思诞生的地方。
当地朋友告诉我：
在金融危机阴影和中国复兴晨曦下，
他们才更骄傲地通报各国，
这小镇出了位高大的预言家榜样！

对伟人的敬佩
又引发对小人的联想。
近处有位资深“台独”，像模像样，
可不少台胞嫌他媚外：不像高山族，不像汉族，不敬炎黄。
远处有个希特勒，能量大，瞎打仗，
在一九四二年“六·一”，把捷克一个村的幼儿杀光……
维也纳百姓说他是慕尼黑人，
德国百姓说奥地利是他故乡……

历史像淮河水波数不尽，
现实像黄山烟霞难看详。
只一点很简明：
做好人好——普天之下不缺乏老乡。

2013年6月27日于阜阳—徐州—淄博—青岛高铁车上。

勤学快乐　厚德致远

——“七〇后”心路盘点兼后记

从一个乡下孩子
长成闹市老头儿，
我的梦永远年轻——
纯真、稚嫩、易醒……

出生时俺村被鬼子占领，
我的梦是赖在娘怀不受吓惊。
四岁来了共产党，
我流口水，馋面条、小葱……

八岁姥姥庄初见卡车，
我也想开，拉上小伙伴远行。
十周岁看少年报，
做梦去朝鲜，采访英雄。

十八岁崇拜北大校友——
图书管理员助理毛泽东。
有三个学期吃不饱，
首都街头拣烧饼是最美美梦。
愤青梦是到“中流击水”，
闹世界革命。

二十来岁初到欧罗巴，
觉得瑞士有点像梦——
从前动乱荒凉，眼下小康葱茏。

三十来岁常驻非洲，
深爱黑兄弟的纯朴民风——
没有“文革”的缺理少智，
专求政治独立、种族平等。

五六十岁跑遍五洲，
只想当好公仆，气盛心静。
七十多岁发现路仍漫漫，
无数高峰尚待攀登；
唯望年轻战友和孙子孙女早见祖国和平统一、
大千世界多一点民主、合理、繁荣……

2013年党92岁生日，我组织关系转到东交民巷退休员工支部的第一天，初稿于中国公共外交协会；2014年“五四”运动95周年纪念日，修改于自河南新乡（原平原省省会）机电高专讲课后返京路上。1918年冬至1919年春毛主席曾在北大图书馆打工，教职员中薪金最低。瑞士历史上特穷，仅盛产“雇佣兵”等，现则特富。我永不忘非洲国家1971年支持新中国恢复在联合国合法席位的恩情。

祖国唯一，人民至上；勤学快乐，厚德致远。

我笃信习总书记在十八届一中全会后所说，人民对美好生活的向往就是我们的奋斗目标。我在人生车船上随手写顺口溜记事、言志，是因自知学海无涯、前途修远，应永远好好向新老同事学习、同中外朋友交流，多为老百姓做点实事。

2014年5月27日修订于率外交学会代表团飞济州岛途中。

初到望城

第一次来到雷锋家乡，
路上人都是熟悉的模样。
多么淳朴，陌生人见面也微笑相向。
窄巷子来了步行女士，赶快侧身礼让；
对面来了拉车挑担的，轻轻问是否需要帮忙……

第一次来到雷锋家乡，
分不清城镇、村庄。
多么超前，早就有绿色发展的梦想。
书记、区长、老师带头植树，
退休老人、细伢子栽花繁忙，
湘江边、黑麋峰、茶亭、靖港……
无一处露黄。

第一次来到雷锋家乡，
“爱国报民”是可持续的力量。
从前没有的“六〇后”建造，
从前有的“七〇后”改良，
上海、巴黎、内罗毕好的“八〇后”需要学习，
北京、东京、华盛顿缺少的“九〇后”新创。
今天比昨天美不值得骄傲，
让明天比今天美才属正常……

2013年10月24日联合国诞生日于长沙望城铜官窑。

永恒的泰山

我敬畏祖国，
钟爱家园，
心系永恒的泰山。
顶峰直插彩云，
根基深植良田。
一天天
攻坚克难。

我敬畏人民，
钟爱乡亲，
身依永恒的泰山。
梦想高尚甘甜，
道路漫漫修远。
一年年
耕耘坤乾。

2013年10月20日青岛—深圳车上自祝生日快乐。

敬农、爱农、兴农

——初次参加杨凌国际农业研讨会心灵发言

庄户人的恩典、善良……
永远驻守我的心房。
盘中餐、身上衣无言有问：
普天下谁是第一爹娘？
隋文帝、莫里哀、时尚女郎……
从生到死都要吃穿，
张衡、祖冲之、爱因斯坦……
也算不出春种秋收耕天耘地的分量。

全球村落知多少，
“三农”文化处处闪光。
北有第二大国加拿大，
东有我五岁跟爷爷种花生的小山庄，
南有我栽过树种过菜的富饶非洲，
西有我上过“五七干校”的名山吕梁……

庄户人的梦想千差万别，
成真的路大致相仿——
靠心血靠汗水，
靠邻居靠上苍……
城里人的老祖宗本在荒原，
得虚心学小乌鸦，反哺故乡；

历史的法则不难记，
稳步进，道公平，致广向上……

2013年11月9日自神农故里杨凌经西安飞杭州海航班机上，追记昨在振兴“三农”会上对人大老同事尹成杰说的一些心里话。杨凌原称杨陵，因隋文帝葬于此得名，1997年将“陵”改为凌云壮志的“凌”，用心良苦。法国戏剧家莫里哀1668年说，要活着就得吃饭（Il faut manger pour vivre……），相对论鼻祖爱因斯坦说，在平衡中前进得像自行车那样。加拿大，古方言中意思是“大村落”，国土面积仅次于俄罗斯。2014年2月16日修改于自小梅1966年搞过“四清”的江苏如皋经上海到南京高铁上。

携手初游南昌

学史致远，
达理立新。
昨日植绿，
今朝温馨。
良骏不知停蹄，
向更佳明天挺进……

2014年4月29日初稿于中国国际友联会，记与小梅初次同游人民军队诞生地南昌，志同进外交队伍50年。6月29日修订于青岛至衡水车上。

刚毅坚卓为祖国

——初访母校的母校西南联大故地

可敬的老奶奶，
孕育在民族最危险的时候，
诞生在黎明前的黑暗中。

可爱的老奶奶，
“刚毅坚卓”是生来本性，
辉煌在求知救国的烈火中。

可敬可爱的老奶奶，
您走后，
我幸福地成了您学生的学生。

新千年，您的精神依然年轻，
鞭策我和我的校友、同事为国为民好好学，好好劳动……

2014年6月7日于由北大、清华、南开联合组成的西南联合大学（前身为长沙临时大学，1937年8月至1946年7月）旧址，现云南师大。我是作为北大前学生、南开周恩来政府管理学院前院长、清华前学生家长来拜谒的。我在这里激动地看到周培源、闻一多、冯友兰等先辈和我入党介绍人之一许国璋老师的名字，我另一入党介绍人是周国存同学。“刚毅坚卓”是西南联大校训。

好一片新疆云杉

新疆云杉翠绿一片，
根深、叶茂、枝坚——
云中天山的飘逸纱裙，
湖畔天鹅的长年舞伴。

牧场上“库尔班”正直，
车间里“古丽”们鲜艳。
两千多年前有丝绸之路张骞团队，
百多年前有林则徐大义凛然。

最美还在今世：八方的兄妹齐心“维吾尔”，
四海战友并肩向前。
向可爱的云杉看齐：
用寸寸绿色装点亲爱的黄土，
用万丈豪情支撑祖国的蔚蓝。

2014年6月15日于乌鲁木齐县白天鹅湖边。公元前130多年，大外交家张骞曾在此跋涉；19世纪中叶，民族英雄林则徐曾在此慷慨悲歌。据新疆大学四川毕业生文丽告，“维吾尔”意为“团结”，“哈萨克”与白天鹅有关，男士常用名“库尔班”意为“正直”，女士名“古丽”意为“花朵”。手抚云杉，我重温习主席关于绿色成长的教导。

人生得意　孙女领导

——记三代同庆“六一”国际儿童节

人生得意处，
孙女主演兼领导，
令弟弟当评委，
令爷爷奶奶跑龙套……

奶奶红巾、红裙扮“小花”，
孙女扮蝶围着跳，
弟弟纯真无邪瞎比画，
爷爷慢慢腾腾随后跑。

小评委傻评受表彰，
妈妈备奖掏腰包。
爸爸忽现沉思状，
喜泪绵绵映眉梢：
老爷爷老奶奶若有情，
定在天上乐陶陶……

2014年6月22日自东交民巷去首都机场送小梅率明星艺术团出国义演路上。孙女佳馨自三岁半上幼儿园后进步快，开始知道尊老爱幼，还能自导自演小节目，说话也乖。有次妈妈批评她性急，她自辩“我不姓急，我姓李”。国际儿童节是为悼念1942年6月被希特勒法西斯杀害的捷克儿童、保护儿童权利，战后由国际民主妇联商定成的。1949年新中国认可了这一决定并于当年10月13日成立中国少年儿童队，现称中国少年先锋队。

亲娘黄河乌海爽

黄河，我的亲娘！
除了在姥姥家——您娘家青藏高堂，
我还是第一次见您这么快乐、清爽，
在三十岁的新城乌海，
三千年的内蒙大漠身旁。

眼巴巴望着山东东营，
您濒临大海的远方，
我又像儿时那般不听话，“娇生惯养”，
忘了“禁止下水”的温馨提示，
撸起裤腿赤着脚，跳进绿水，亲近娘的胸膛。

好温暖啊，好舒畅，
我仿佛又戴上红领巾，
开心地同各族队友读书歌唱，
一起儿植树爬树，一块儿建设家乡……

2014年6月25日自30年前建市的内蒙乌海（面积1754平方公里）飞北京途中。乌海各族同胞爱祖国、爱绿色，智慧地在大漠旁养护了黄河一段清水，建设了青翠城区，也为首都环保作出了奉献。

让和平友善的美梦在人间早圆
——记出席仰光“南海功能性合作”民间圆桌会

青翠的“胞波”缅甸，
上帝的亚洲花园。
茫茫南中国海的邻居，
曲折的长河连接苍天。

珍惜每寸土地的葱绿，
爱护每滴海水的湛蓝。
“上善若水”常识朴素，
天人同理，“海纳百川”。
善举定有善报，
近邻亲朋齐学善。
真理不怕遮拦，
让和平公道的美梦早圆人间。

2014年7月4日自仰光（意为“友谊、无敌”）飞缅甸首都内比都拜会缅总统途中。泰国、马来西亚前外长和王昱参赞等同行。“胞波”意为“兄弟”。机翼下的伊瓦洛底（意为“天上来水”）江曲折流淌，令我想起陈老总写的“彼此情无限，共饮一江水”。到本月，我参加外交工作整50年。我在这次圆桌会上第无数次重申了我在南海问题上的正义立场，包括主张根据已过“耳顺”之年的和平共处五项原则主要通过双边外交化解分歧，而不需域外大腕儿插腕。

南海今天美明天更美

广州部队的一名老兵，
四十六年前爱国敬民的美梦：
让南中国海波清浪平、
南疆岛礁树翠渔丰。

人老梦年轻：
三亚、三沙只是示范工程，
我的土、我的水每寸每滴都爱，
全心修友谊新路，
全力建和平长城……

2014年7月7日于三亚高科技合作研讨会上，忆及前年初到全国最年轻的地级市三沙、去年初游曾母暗沙、上周在国际民间论坛上代表中国国际友好联络会和中国公共外交协会批驳某西方大学者在南海问题展示的“傲慢与偏见”。我1968年至1970年曾在广州军区55军牛田洋农场锻炼。

斯洛文尼亚纪游

万里外思念苏州杭州——
漂亮迷人的地上天堂。
前来斯洛文尼亚，
喜见欧罗巴的苏杭。

群山穿着绿裙，
道路都是绿廊。
多半天不见黄色，
只玉米地灿灿发亮。
三日听不到汽车喇叭声，
八九场合唱合奏在巷尾交响……

2014年9月3日自斯洛文尼亚（意为“爱”）首都卢布尔雅那（意为“被爱”）飞捷克（意为“创新”）首都布拉克（意为“门槛”）途中。斯绿化率达61%，每年有国内国际文化活动13000多场，费用由企业和志愿者承担。

关帝高和大教堂相近

在晋冀鲁看不懂关帝庙，
在欧罗巴看不懂大教堂。

关老爷舞大刀勇猛豪放，
搞经贸金融不是强项，
说给他烧纸能发财，
有点附会牵强。

教堂一座座庄重华贵，
动用了百姓的土地、钱庄，
有些钱成了军饷，
地成了战场。

关公文、理、工科均未涉猎，
说跪拜他能进清华北大有点荒唐；
教堂里人人发誓忠于上帝，
教堂外没有谁愿去天堂……

9月5日自捷克飞德国途中。曾见有人在关帝庙内写着“北大、清华”的木牌前烧香。一欧洲老友告：人人声称爱上帝，但谁都不想早去见他。

泪洒利迪策

——初谒“六·一”国际儿童节策源地

难忘利迪策一九四二年夏天，
西洋法西斯杀害这里的婴儿、少年。
那时我一岁半，
家乡被东洋法西斯霸占，
世界多么不公——
欧亚两大洲由孩子的血泪相连……

九岁后开始享受“六·一”佳节，
每每对捷克同龄人的牺牲悲壮感叹。
新千年初次来，相见恨晚。
历史的明镜灼痛心田：
没有正义难有天下和平，
没有和平难有人类明天……

9月6日自维也纳飞北京途中。1942年6月10日，德兵根据希特勒的命令杀死捷克利迪策村共105个孩子中的88个，并将这美丽小村炸为平地。

俺娘高尚

——纪念娘诞辰百年

老得腿脚欠灵了，
唯双眼更明——
越来越看得真：
俺娘伟大，值得崇敬。

她长在外患内忧的山东，
被逼缠足，又下田劳动；
要照料公婆姑叔，
孤苦寡母在邻村受穷。

生下我和弟妹们更累了，
还把俺爹送去抗日建功，
在炕上为八路军纳鞋底、
在山下栽地瓜支援民兵。

熬到解放爹当了干部，
娘环顾左右怕丢掉老公。
我发誓：爹若不要咱，
俺揍他，娘立马满面笑容……

娘鼓励爹回乡不摆架子，
在县城两袖清风，
理解爹不用公家自行车载我上学，
佩服爹拿到工资不忘帮邻家兄弟……

我小时调皮，爱上树捉鸟捕蝉，
娘倔我，命令我别伤害生命。
我五十岁上到联合国干活，
才惊叹，娘那么早就懂得爱生态、保环境！

娘生前有一事让爹保密：
千万别告诉她已经不中——
让妹妹替我磕两头她就知足，
可别耽误我在国外的营生。

外国多远她不知道、不在乎，
只知道、只在乎我是干党让干的事情，
娘的大小事儿写不尽，
到八九十也提醒俺不敢忘天下百姓……

2014年“一二·九”爱国学运79周年，自武昌去虹桥火车上。我娘姓张无名，1914年生于胶州湾南岸乡下，未上过学，但善良勤俭，1995年在我出访拉美期间下了“西南”（家乡传说我们的祖先来自云南），撇下我和两妹妹。

南海儿女想爹娘
——夜听三沙群岛梦语

苍穹下万千星星眼睛发亮，
絮絮叨叨的是南沙细浪。
五十多小妹小弟的梦话比海涛还响：

我们想家，
想爷爷奶奶，想爹想娘；
愿和邻居的小子小嫚儿友好互帮，
不愿听第三者吵吵嚷嚷。

羡慕大哥永兴岛，
那里平安敞亮，
不怕强盗上门偷抢；
我们愿和二哥太平岛牵手，
撒娇在同一个亲娘的胸膛……

2014年12月24日，初稿于海南省，忆二十年前参加签署联合国海洋法公约。我南沙五十多岛礁大半被外人侵占。太平岛土地面积0.49平方公里，目前由我台湾省部队驻守。修订于2016年3月16日自山东省政协大厦赴青州云门山车上。

这里的风景绿色的

——海南保亭到广东潮汕路上见闻

一月风透着深绿，弯弯月映着花瓣。
头上云擎起蔚蓝，耳边泉滋润着稻田……

七十多岁初来保亭，像进入梦乡，
教会我插秧挠秧的汕头比当年倍加鲜亮。

冬来，春会远吗？不必听外国人讲。
两广同胞早发现：南海边四季漂亮。
保亭黎族妹、潮汕汉族哥说：
庆祝两个百年时神州更当处处芬芳……

2015年1月13日于深圳，记自海南保亭黎族苗族自治县经广西壮族自治区去广东路上所见。1968年至1970年我在潮汕农场学种稻。保亭绿化率超过80%。英诗人雪莱写过：“冬天来了，春天还会远吗？”

可爱的澳门天天向上

可怜的澳门呀，
妈丢过的七个孩子中，
你被丢得最早，
也比最北边的威海更瘦小……

可亲的澳门噢，
四百四十六年后你回家，
才又吸上妈的乳汁，
成了备受疼爱的宝宝……

令人眼馋的澳门呦，
天底下妈的胸怀最温暖可靠！
难怪你天天长大、长俊——
每一个今天都比昨天更阳光、健康、美妙……

2015年1月22日应向玉院长之邀在澳门理工学院讲课后，经珠海去广州车上。闻一多1925年诗《七子之歌》中，七子含广东澳门（1553年被葡萄牙占）和山东威海卫。据年轻战友李刚、正跃讲，澳回归时土地面积约24平方公里，现已超30平方公里，还不包括中央让澳大建新校园的那片地。

怎么越老越多愁善感
——记被迫重申“世上只有一个中国”

新千年出游，竟恍惚在悲壮昨天。
汉江细波悠悠，我难忘少年时听说的炸弹。
仁川机场多种语言欢笑，我难忘当年战舰登岸。
餐厅服务员个个优雅，我想到她们奶奶洛东江畔的哭喊。
高级论坛上“大学者”鼓吹“两个中国”，
把我惊醒到几十年前……

夜难眠，越老越多愁善感！
像两岁的孙子爱哭爱喊。
我发怒泪流不干，因大伯大叔在此长眠。

他们的善良没种进有些人的心田……
我越老越珍惜和平，盼世界民主一点，
越老越看清正义、平等之路漫长，
得听党的叮嘱，自豪自信，不自满……

2015年4月26日于首尔，记昨在高级多边论坛现场被逼愤怒应对一大学者的“两个中国”谬论。外交学会乃请副会长等与会。

我爱北大，我爱天安门

我爱北大像爱奶奶姥姥一样，
爱天安门像爱一九一九在门前游行的学长；
我敬国史党史家史和唯物辩证的智慧力量；
一战果实遭恶魔抢夺，最受害的是我山东家乡。
世界不公激发义愤，快让悲剧成为喜剧的产床。
两年后，广场的波涛汹涌到上海、武汉、广州……
望志路、嘉兴湖迎来我们党——救国爱民的太阳。

使命依然艰巨，
前程依然漫长。
我得逼孙子孙女学先辈、学好人天天向上，
我更得逼自己看齐“刚毅坚卓”，健康阳光……

2015年5月4日，北大校庆日，中国青年节，自北京飞亚特兰大演讲途中。老校友兼老伴小梅、新校友兼顾问王昱同飞。敬国爱民、刚毅坚卓是我对北大传统精神的理解。

“对地球好一点”
——扬州与世界同绿

扬州曲江垂柳旁，
五大洲专家、快乐会商。
二十六国聚精会神，
求索建设绿色的良方。

最简朴的倡议来自扬州市长：
地球妈妈好累，累得脸色灰黄，
快对她稍稍好一点吧，
让她红里透绿，春意飞扬！

年轻人道出了老人的心声，
我响应：对呀，立即行动，
让扬州和世界每个明天
都比今天更翠绿晶莹……

2015年6月16日于自“翠绿牧场”乌鲁木齐飞北京途中，忆上周参加扬州世界绿色设计论坛，听扬州明扬市长的纯朴发言。

“七·七”心仪平型关

城南遥望平型关，
心仪七十八年前。
共产党人最爱国，
与民抱团破敌胆。
万里黄河壶口雄，
金涛接云敬延安……

2015年7月7日于大同云冈。1937年抗战初期共产党领导的八路军在大同南100多公里处的平型关首战日寇高捷。平型关西南方有举世闻名的黄河壶口大瀑布。

笔端雄风志抗战七十周年

——记“太行浩气”画展

浩气巍然大太行——
中华民族钢脊梁，
直面强敌骨头硬。
不顾缺吃又少穿，
灭敌深沟高山冈。

浩气巍然大太行——
神州灵魂铁故乡，
百姓面前心肠软。
不畏牺牲不避苦，
文武兼具，卫和平，泽善良。

2015年7月11日于中国美术馆“太行浩气——吕云所（抗日老根据地太行山下涉县籍画家）中国画遗作展”，忆朱德总司令写太行山名句，“战士仍衣单，夜夜杀倭贼”。

中意民心千年相近

——参加中意文化外交论坛感怀

历史的脚步曾慢得惊人：
两千多年前，东方农业大国“秦”——
以“春”之顶为顶，以“秋”之实为根，
还心有灵气，无限多情，
把古罗马称为西方“大秦”。

一千多年前，山东汉子教佛罗伦萨人踢足球、造纸，
河南专家教米兰人针灸、造指南针；
比萨老师教湖北青年学物理、打扑克，
威尼斯学者到江苏挂职、苦学中文……

新千年的张衡、伽利略、帕瓦罗蒂们步伐又快得惊人：
今年“五一”，中国馆成为米兰世博会的“蒙娜丽莎”，
两年来“一带一路”上的新风景、最强音。
两天来，中意文人相聚威尼斯，
重温巨人但丁互敬互爱的理念，
重申携手并肩、让合作共赢美梦成真的决心……

2015年7月25日自“意大利杭州”威尼斯到“意大利上海”米兰火车上，记昨中国公共外交协会和意创新文化协会联合举办的“一带一路”文化外交论坛。卢浮宫名画“蒙娜丽莎”的作者达·芬奇为意画家、哲学家、数学家。据传，扑克牌是古罗马人发明的。文艺复兴大诗人但丁说过，“爱是相互的”。

长卷寸心知

——贺将军书画集问世

历史明镜悬长空，
将军书画千钧重。
为兵为官征途远，
习文习武为大众。

炮火有神护国运，
笔端有灵立民生。
战斗青春四季在，
爱国敬民贵永恒。

2015年7月29日建军节前于北京东交民巷30号。在全国人大外事委工作五年里，我有幸与多位将军成为战友，他们中有我敬佩的书法家、画家。

“八·一五”前呼爹喊娘

回首七十年前胜利日，
常常落泪，只因思爹念娘。
他们不是名家名将，
为抗日，照样把青春献上。
爹小学未念完，
就跟地下党班主任奔向游击战场，
刀枪扛在肩，高歌《太行山上》……

娘不识字，可懂得国破家必亡，
油灯下抱着我，给八路军纳鞋底、缝军装……
七十年前“八·一五”来之不易，
七十年后长征路仍然漫长。

救国先辈们的血不会白流，
伟大复兴是我们一代代拼搏的方向。
擦干泪，更明白：
沂蒙、吕梁、平型关都不相信眼泪，
快把悲愤化作保和平、建家园的无穷力量……

2015年8月1日建军节88周年初稿于与小梅同拜内蒙古呼伦贝尔反法西斯纪念碑后，8月6日修订于飞陕北榆林海航班机上。

德水安澜有新颜

——德州重游见闻

两年后，再次美丽德州行，
多少新事让俺感动？

日当午，庄户人秋收乐融融，
乡镇高官也刨地瓜、掰棒子、播麦种……
新市长来自大青岛，
用大学问创新劳动。
从不公款喝酒、摆架子，
是百姓的好儿子、十八大的好学生。

有个女老师管教老公真厉害——
倾尽家产办学校，
让聋哑儿一两年能说会道，
县领导陪塞浦路斯、巴巴多斯贵客含泪倾听。

两千年前黄河母亲改走东营，
这里的树木开始凋零。
多亏家国基因好，
成长起新一代焦裕禄、孔繁森、雷锋……
如今干土成湿地，又鸥鸟成群、
桃花红、梨花白，桑林葱茏……

厚德致远，
夏津水清，

每村每户比昨天富，
明天肯定更昌盛……

2015年10月7日匆匆于德州夏津特教学校。据传，古时德州人称流经此地的黄河为德水，并祈愿“德水安澜”。公元11年黄河改从东营入海。2016年3月17日修订于临朐至胶南车上。

美丽青岛我的家

走遍五洲更想你，
我心底最柔软的地方；
阅尽冷暖更亲你，
生我养我的祖国、家乡！

你的昨天凝重悲壮——
“五四”运动的源头，抗敌救国的前方。
你的今天蓬勃端庄
工农渔商振兴，孔孟口音上扬。

你的明天广阔敞亮——
党的伟大理念，百姓的朴素梦想：
胶州湾天蓝水绿，崂山下麦浪金黄，
老人天天快乐，小子小嫚儿创新向上。

永远爱不够啊，
美丽青岛我家乡。
各民族同胞喜欢你，
全世界目光向你张望……

2015年11月16日自卡萨布兰卡飞迪拜途中。

夜航梦南沙

南海苍穹广万里，
万千星星眨眼睛。
悲壮一梦南沙美——
炎黄土地炎黄名，
岛上岩石坚如铁，
礁旁游鱼数不清……

西天巨鲸花招多，
挑拨贪鳄抢天功。
正义和平不可拦，
善恶各自有报应。
我有法理有人心，
未来晨曦更光明……

2015年11月28日，初稿于悉尼至北京飞行约九千公里的国航班机上，忆在“一带一路”论坛，就南海问题的争辩。少数违反国际法、不读《联合国宪章》的政客在南沙群岛的名称上也干涉中国内政。2016年3月17日修订自沂水去黄岛车上。

英灵永佑我江山

——悼念1969年7月28日殉难战友

汕头四十六年前，
牛田洋涛接泪眼。
村童自救攀礐石，
外轮熄火韩江边。
学军学子迎海啸，
并肩舍身保稻田。
堤裂人去云霞处，
英灵恒佑我江山……

2015年12月16日在汕头参加广东以色列理工学院开启仪式后，于原五十五军牛田洋农场。46年前，数百名解放军官兵和在此锻炼的同学在海啸中牺牲。其中和我最熟的是刚留学英国、分配到外交部的肖华山。华山和我永别前，向我，学生一连炊事班长，要了碗白开水喝。便一去无回，我们对他远在四川乡下的寡母保密。中青等同学发动大家每月凑十几块钱，以华山的名义寄给他母亲养老。当时，我和陈健（曾任联合国副秘书长）等两年制研究生每月工资42.75元，施燕华（曾任驻卢森堡大使）等三年制研究生每月43元。韩江、礐石山都离牛田洋不远。

这里风渗绿

——初到保亭黎族苗族自治县

这里的风渗着绿意，
月映着花瓣。
云撑起翠蓝，
水滋润着稻田。

木棉溢香暖人间，
椰林列阵佑平安。
上树鸡、冲浪鱼、五脚猪包容相处，
“呀诺达”、七仙岭聚众联欢……

初来乍到，
相见恨晚。
五十年前老师讲：
冬来了，春不会远；
万年前猿与神率先发现：
海南季季是春天。
水满上村的黎、苗妹子预言：
三年后这里更加美轮美奂……

2015年12月22日，农历冬至，记保亭七仙岭所见所感；2016年3月17日修订于自诸城去高密路上。

三亚和天堂大不一样

三亚叶绿压花香，
泉清胜槟榔；
三亚民风像望城，
市区似苏杭……

超三亚的可能是天堂，
可三亚和天堂不一样：
天堂高贵辉煌——
中外人士都不敢去、不愿去的地方；
三亚纯朴自然——
五洲宾客来了就赖着不想走的地方……

2015年12月25日，自三亚飞济南海航班机上作。长沙望城，是雷锋同志的故乡，正发展“乡望城、城望乡”旅游业。

七到佛乡学史

——在印度“瑞希纳”对话会上的演讲内容摘要

越老越自知无知，
越满怀对真知向往。
第七次有缘访印，
看清了一点世态炎凉。

又见友邻老乡在地头流汗，
佛的弟子菩提树下轻唱，
又听年轻学友发问：
为何两千两百多年虔诚，
换来域外殖民者的欺凌，
智慧阿拉伯数字的发明，
只增添了无耻压迫者的能量？

看来，争自由靠神仙不大靠谱，
求幸福靠磕头像自愿上当。
植莲栽树种粮最利于气顺，
让瑜伽与时俱进更益于健康。
宏伟得一砖一石构建，
天寒得与好邻居，真朋友抱团相向。

2016年3月2日于自新德里赴印“地上天堂”斋普尔车上。佛教2200多年前诞生于印。印1757年沦为英殖民地。阿拉伯数字、瑜伽、砖等都是印人民发明的。印目前重视制造业创新和环境绿化。马、恩曾说，殖民主义对印的统治是无耻的。2008年6月6日，我见证了北大季羡林老师年近百岁时在301医院成为获印莲花奖的中国第一人。

重温母校的母校的爱国传统

爱昆明，不只为它是春城——
年年都有四季，
春季总有春风，
就像省省都不缺美女美男，
都不缺省会美景……

最难忘，
在中华民族最危急的时候，
大半中国容不下一张课桌的险情，
只能在云之南培育爱国精英。

这里成了我老师们成长的摇篮，
把我多位引路人坚卓炼成。
他们教我：天上神仙虚无，地上名利短命，
唯劳动人民万岁，伟大祖国永恒。

3月4日在自德里飞昆明山东航空班机上忆抗战期间北大、清华、南开在昆明组成的西南联大“刚毅坚卓”的校训。该校闻一多烈士的弟弟闻家驷曾教我法国文学史。

初到历史文化名城临海

正义，
是灵江波澜的灵魂；

和平，
是苍山群峰的传统；

人民，
是伟大永恒的万里长城。

临海，
是祖国版图上璀璨晶莹的明星……

2015年12月15日，匆匆于浙江台州临海，纪念中国人民外交学会创建66周年纪念日。2016年3月16日修订于山东济南千佛山兴国禅寺。

让明天更富更绿

——听河南“一带一路”生态农业洽谈和《朝阳沟》交响合唱

黄帝、老子、张衡们不再虚幻，
朝阳沟互联网将古今通联。
“四大发明”新千年定有新创，
商丘、新乡们会让“北上广”惊羡……

信阳、三门峡更开放和谐，
洛阳、平顶山有更靓的桃、杏、牡丹。
五大洲开上豫牌豪车、吃着周口味烩面、
共享新郑空港的方便平安……

新一代“亲家母”升华了常香玉美声，
宫、商、角、征、羽胜过七音交响。
“会念经”的国内外和尚俺都欢迎，
美梦是全中原、全神州普遍小康……

2016年农历三月三于自黄帝诞生地新郑至邯郸火车上。我“四大发明”均与河南有缘。张衡对外交贡献大，月球上有张衡山，太空有张衡星。据传孔子听过老子一堂课。听许嘉璐老师说，“宫、商、角、征、羽”古代五音相当于法国人卢梭发明的简谱中的“1、2、3、5、6”。

南海畔　夜难眠

三美女聚会的地上天堂——
南海畔娇美得举世无双。
虚幻的天堂无人愿去，
南海水人见人爱，
还引来霸者逞强。

住三亚幸福无限，又不乏悲壮，
头枕温柔波涛却难入梦乡：
太平洋何时能名副其实？
普天下何时能公道同享？
望北斗、思天安，笃信正义必胜，
愿七十亿好人共筑和谐梦想！

2016年5月26日在三亚与张书记、吴市长等磋商公共外交事后飞北京南航班机上。三亚曾被评为最宜居城市。据说，“三亚”原指三条美丽小河，昵称“三丫”，在此一起流入南中国海。

美丽乡愁新升华

——五大洲青年金华农家“留学”乐

金星下金华老村温馨多情，
引来五大洲学子“进修”尽兴。
编草鞋、包馄饨、烧火腿是基础课，
爱上中国爷爷、奶奶和《论语》是真功。

乍到时满面羞色有点愣，
三周后约再见热泪晶莹。
新绿色、新风尚、新乡愁润泽全球，
升华得谁见谁喜，动心动容……

2016年6月4日，自“国贸景澜”去俞源村车上。据军民、荣燕等市领导介绍，金华因其华美和位于金星之下而得名。记昨访金华艺术学校、非洲（小梅在那里工作11年，我9年）博物馆，听五洲多国学子在古村落琐园、寺平农家度假研学21天逸事。

美丽澳门答我问

可爱的澳门我想问：
回到母亲怀抱十六年半，
你怎么长得这么快，
也更潇洒更好看？

活泼澳门开口笑：
这个问题很简单。
每个孩子只一个妈，
母乳香甜不一般！

妈妈善良妈妈壮，
近邻远亲对我更喜欢——
我有更多好同学好玩伴，
抱团自然长得胖，走得远……

2016年6月7日六到澳门，发现澳门比1999年12月回归时多了约6平方公里地、85平方公里海，社会稳、环境美。这天，还引来20多国著名学者首次举办“太湖世界文化论坛”澳门年会。6月12日修订于浙江绍兴。

含泪观《长征》初心更坚定

——纪念中国共产党95周岁看《长征》首演

党啊——
端详您早年的身影，
震世界撼人心的最是长征。

湘江浪惊叹数万英灵的悲壮，
雪山冰承载苍穹不坠的使命。
草地泥泞缠不住草编的军鞋，
泸定铁锁拦不住红色的先锋……

与民结党赤水浅，
真理辨明遵义勇。
各族百姓都爱党，
热血钢枪聚会宁……

党啊，亲爱的母亲，
历史和艰险是最好的老师，
我们的初心更加坚定！
我们知道前面的路依然坎坷漫远，
志愿一代接一代跟您前行——
准备迎接新的雪山、草地、大渡河……
永远向着正义、和平和人民必胜的红星。

2016年7月3日写于北京至武汉火车上，忆昨与夫人代表已故双方父母等抗战老兵，和孙子孙女等看党史歌剧《长征》首演（出品人陈平，编剧邹静之，作曲印青，合唱指挥吕嘉，主演阎维文、王海涛、王宏伟、王喆等）。

三上富士山

五十多岁上初见你，
才知道你是偶尔喷烟的火山，
要像我老乡孙子说的“不动如山”，
得爱和平，别让历史悲剧重演。

六十多岁上在你半腰上植树，
广受山下仁者智者点赞。
四海八方都好人居多，
更看清正义必胜，诚信致远。

七十多岁又来见你，
3776米处稍显灰暗，
可能有啥怪物在作浪污天……
看起来，绿树还得多栽，
爱树人还得多浇水，精心看管。

2016年7月27日，自崂山去北戴河中纪委培训班火车上，忆两周前第三次登日本人民“心灵故乡”富士山（海拔3776米）。我初任外交部发言人那年首次上富士山，曾见山下一店铺用孙子语录“不动如山”做广告。二到富士山，我在山上栽了两棵树，受到时任日首相鸠山由纪夫等称赞。

美梦与乡愁

——第无数次厦门行感怀

眼东望，
海峡绿波柔；
心北顾，
甲午狼烟稠。

一百二十一载飞逝，
时光难留。
唯华夏大同，是一代又一代的乡愁，
所有中华好儿女的孜孜追求……

2016年9月9日（毛主席逝世40周年）自厦门“一带一路”论坛经郑成功雕像、陈嘉庚纪念馆、华侨大学去中华儿女美术展览馆路上。

地上天堂比肩向上

地上有对天堂：
先苏州，
后杭州，
珠联璧合称“苏杭”。

苍穹有独特无双天堂，
那儿“平等、自由、辉煌”，
却是正常人没见过，
压根儿不愿去的地方。

唯华夏苏杭三千年不老，
山蓝水绿，人和气旺，
来者不想离开，
未来者一心向往。

二十国峰会再出发，
杭弟超越苏哥，为国增光。
哥有老弟作榜样，立马儿勤学实干，
偕兄弟姐妹创新向上……

2016年9月27日参加苏州协调共享发展座谈后，写于经沪赴杭学二十国峰会精神车上。

读史阅世感怀

小小孩儿和人类幼年傻里傻气，
逗出伟人的善良初心、崇高梦想。

少女纯净成就歌唱家的花腔，
少男无畏锤炼大诗人的豪放。

老头子上下奔忙是文学的活水，
老婆子百年陪伴是艺术的芬芳。

并茂声情无区界、无国界，
正常好人有祖国、有家乡。

普天下百姓是作家的衣食父母、
创作灵魂宜生宜长的沃土佳壤……

2016年10月18日，接到中国作家协会关于学习习近平总书记关于文艺工作讲话的通知后，写于与小梅同庆76岁生日时自合肥飞青岛山航班机上，修订于作协九大会间。

童心常存（代后记）

梅松禾

冬近夏远，春浅秋深。
在熟悉的田园、会场……
听说有人还把我搜寻，谢谢！

车船今天为我停靠，
欢笑豪爽，相拥温馨。
不必说再见：
子夜前的汗水、弹雨后的祥云……

常存童心吧。
飞多高，走多远，
都梦想归根——
根是祖国，家是亲人……

2013年3月17日（我告别全国人大正式会议的一天）于人大山东团驻地职工之家和中国公共外交协会东交民巷办事处。修订于5月16日北京—巴黎国航班机上。“梅松禾”是我近30年前任外交部发言人期间业余写作用的笔名之一。

图书在版编目（CIP）数据

李肇星新诗集 / 李肇星著. -- 青岛：青岛出版社，2016.11

ISBN 978-7-5552-4547-6

Ⅰ. ①李… Ⅱ. ①李… Ⅲ. ①诗集—中国—当代 Ⅳ. ①I227
中国版本图书馆CIP数据核字（2016）第209571号

书　　名　李肇星新诗集
著　　者　李肇星
出版发行　青岛出版社
社　　址　青岛市海尔路182号（266061）
本社网址　http://www.qdpub.com
邮购电话　13335059110　0532-85814750（传真）　0532-68068026
策　　划　刘　咏
责任编辑　刘　坤
装帧设计　李开洋
平面制作　青岛翰墨杰人平面设计有限公司
印　　刷　山东鸿君杰文化发展有限公司
出版日期　2017年9月第1版　　2017年9月第1次印刷
开　　本　16开（787mm × 1092mm）
字　　数　100千
印　　张　18
书　　号　ISBN 978-7-5552-4547-6
定　　价　58.00元

编校印装质量、盗版监督服务电话　4006532017　0532-68068638
印刷厂服务电话：0533-8510044
本书建议陈列类别：诗歌